掉藥

陳彥誌 著

目次

一 披上白袍以後

一 為了披上白袍

一　門縫裡的光

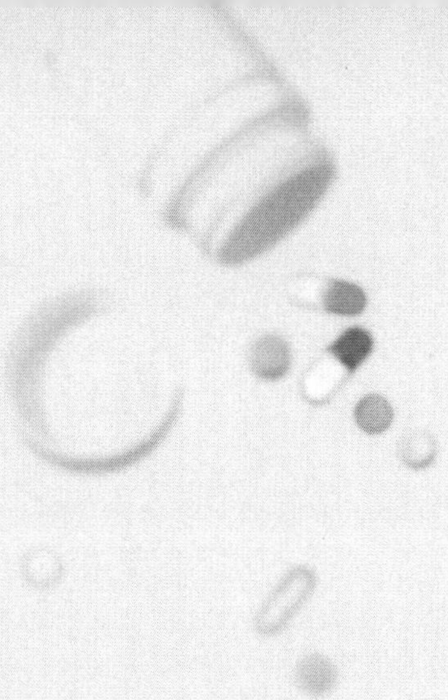

披上白袍以後

逝水

掀起上衣，肋骨輕微隆起如柏油路面減速標線。我們以指腹前駛，尋找恰當的落針處。鋪上綠色洞巾，消毒，再緩緩將針推入皮膚底下。針尖突破肋膜的一剎那，退出內管，清澈淡黃色胸水旋即汩汩冒出。

如探油礦，井噴讓人興奮。接上管路，將液體導入真空玻璃瓶。一開始穩定的涓涓細流，常突然變成沒拴緊的水龍頭，滴滴答答。

抽水是基本技能，醫師養成過程中的早期便會接觸。初時仍帶新鮮感，學弟妹央求學長姐帶著做。熟稔後變得人人閃躲。

實習階段的我倒蠻喜歡這項任務。急診室暗潮洶湧，細花碎浪後頭偶爾跟隨滔天瘋狗，一不小心就被打落堤防。抽水是便利避風港，讓我暫時可以不必為眼前病患的頭痛是源自心理壓力，或一顆默默成形的腦瘤傷神。比起藥物作用機制虛無縹緲，還得謹慎估算劑量，抽水效用與伴隨的成就感相對直接明瞭。針沒入皮下，幾分鐘前才喘不過氣的病人，呼吸便逐漸平穩下來。

偶爾我們會反覆遇上相同患者。其中一位是肝硬化的阿伯。「阿弟，你上好共我一針就中喔！」「好啦，看心情啦。」漸漸地，阿伯注意到自己每次抽水間的間隔天數，越來越短了。我心知這代表病況正走下坡，嘴上卻叨念他別想太多。某回，檯車上集滿了四瓶，兩千毫升的腹水。我拔除管路準備離開，卻發現有人粗魯拉扯白袍袖口。我轉頭，瞥見他眼角溼潤，乘機調侃：「拍謝啦，我毋知你遮爾驚痛。」

「驚恁老師！」阿伯罵完，伸手將眼淚拭乾。

「你有閒愛時常轉去陪恁老爸，好否。」

其餘有些，胸膛肚裡累積太多，掛著氧氣什麼都說不出口；或肝病末期併發腦病變，意識模糊。抽水只得在沉默中度過。坐在床邊，其他醫師與護理師疾行奔走，我與病人卻保持靜止，時間的流動好像受阻了。出水戛然而止，我捏住軟針，輕輕調整位置。猜想是軟針口吸住了腸子，稍微移動後水再次汩汩冒出；我偶爾協助病人翻身側躺，用掌心擠壓對側肚皮，盡可能汲取殘存的腹水。等到做了這些嘗試，依舊沒有液體湧現，才確定腹裡已經乾涸。

幾年後，我披上長袍。知識可能增加一些，耐心卻短少許多。在診間，花寥寥幾分鐘聆聽主訴，若病人想再說點什麼便出聲打斷，切入我問你答的模式。接近晚間，想起病房內還有等待查房的家屬，心情越來越焦躁。直到送走最後一位患者，候診燈熄滅，愧疚才苦苦追趕上來。我彷彿看見當年拉張椅子，坐在病人身旁穿著短袍的自己。那是一段我只需要好好陪伴一個病人，等待他腹水流盡的時光。皮膚底下的針狹窄細長，從每一段相遇開鑿出的清澈、乳白，與暗濁會聚成點點滴滴，由我們耐心收集。

威追

想像一位活著的人無法動彈，屁股、腳跟持續壓在坐墊，或輪椅腳踏板上。皮膚與橡膠、金屬貼得緊實，空氣無法進入，像瓶口被蠟封住的甕。於是，血肉開始發酵，產生酸。酸往內裡侵蝕，產生褥瘡。

褥瘡產生痛苦。而我們，似乎是為了加深他們的痛苦而來。一天三次，推著光亮的不鏽鋼工作車，平臺上頭放滿紗布、生理食鹽水、彎盆、膠帶，跟清腐肉的棉棒，抵達床邊，微笑對他們說：來換藥嘍。這時，病人通常會乖順地抓住床沿扶手，側躺，露出臀部如碗公大，或者腳跟處生的，直視見骨的創口。

弔詭的是，有一部分的人身上存在這樣的創口，卻不會痛。這些是因車禍、跳樓，或各種意外導致脊髓損傷的患者。他們下半身早已沒了知覺。也因此，當我換藥時，發現這群人手抓著床沿，一面轉頭過來頻頻偷看，總猜測他們心裡，一定覺得很不真實。

褥瘡換藥很單純。我們戴起無菌手套，握緊浸泡過生理食鹽水的紗布。接著將紗布弄散，再一點一點，深深地塞進創口裡頭。過了八個小時，我們重複這樣的步驟前，會將上一次塞的紗布取出，並期待這些紗布微小的孔洞，可以帶走一些創口內壁的腐肉。我們把這樣的換藥方式稱為「威追」。但威追名不副實。療效發揮得緩慢，甚至往往過了好幾個禮拜，卻毫無進展。

醫生，我這褥瘡，換藥會好嗎？病人不免這樣問。

我一開始總說：你要相信自己會好。但後來，我變得越來越沉默。沒有相對應的能力，卻給人希望，也是一種凌遲。

有時，我們會把經過好長一段時間威追，卻不見起色的病人轉介給整形外科。整形外科在開刀房內將褥瘡內的腐肉清除，最後將傷口縫合。表皮底下的空洞，卻再也無法填滿。

換完藥，我癱坐在值班室裡，回想起每一天的情境，覺得每個人心裡，好像也都淤積了或多或少，不可告人又無從訴說的難過。那些難過長期被我們壓著，終將發酵，侵蝕，形成一個個的褥瘡。已經壞死、失去的不會回來。我們能做的，只是不斷往創口裡塞無菌紗布，一綑又一束，像包裝好卻無濟於事的道歉。

泛白的印記

診所面海。面海的窗簾卻垂掛著。

「這樣不就看不到風景了嗎？」我問。

「看久了就沒甚麼好看的了。」學長說。「看著看著還會突然有點生氣。」

我不懂。誰能生長濱的氣呢？這裡這麼美。

「喜歡的話，晚上還可以看天空。」學長一面清點藥品。「星星多的跟ＴＢ（肺結核）Ｘ光上的白點一樣。」

學長離開後，我變成常駐在這兒的醫師。

六旬婦人，半年掉了六公斤。來到診所，說下背劇痛。我警覺不妙，強調必須到大醫院檢查，但她只想打止痛針。我腦海盤旋著癌症轉移，引發病態骨折的陰影，一連數日在惡夢中驚醒。

有幾個老人家，膝蓋退化。花了半天指導居家復健運動，但他們只想打類固醇。

「就算你不打，他們還是會去找其他診所的醫師。」學長在電話裡說。

「可是這沒有真的解決問題。」我抗議。

「解決疼痛就是解決問題。」學長說。「就算你把他們拖去花蓮慈濟，發現一個很大的病灶，他們大多數人也不會配合治療跟回診，因為太遠，或者根本不想面對。病人在乎的跟你不一樣。」

有天，一個常常接受類固醇注射的病人，來到了診間。

我以為她的膝蓋又痛了起來。

但她只是指著膝蓋上方一處白色斑塊，問這是怎麼回事。

我一瞧，發現她長期注射的地方，原先的黝黑變成了白色。

這是類固醇常見的副作用。

她說夏天要到了穿短褲，怕不好看。

我說，血糖失控、骨質疏鬆妳都不怕了，怕這個？

「所以醫生，這個會好嗎？」她不死心地問。

「不，這是不可逆的。」脫口而出前，我突然想起了什麼。

「還是有希望的。」我鼓勵她，更像是對自己說。

恆美之路

反覆抽吸著針筒，我的手在發抖，額頭上冒出無數細小的汗珠。

慘了，沒有回血。

沒入皮下的針頭像疲憊困頓的旅人般尋覓汩汩泉源，但觸目所及均是乾癟筋肉，連一滴水也榨淨不出。我緩緩退出了針，冷硬的鋼針若有情，想必也將低垂雙目，面色凝沉。

「好痛啊，你到底會不會？」「可不可以不要再試了，找護理師來好不好。」遭遇此類批評或要求，甚至被家屬「請」出病房，皆算意料中事，都還能夠承受。最怕的，是經過漫長的兩針嘗試，沉默不帶表情，只是靜靜地，瞧著我的那群病人。我無法判斷他們的平靜目光裡蘊含的是指責還是諒解；未曾抽動的嘴角代表的是對於痛的忍受度高於常人，還是對日復一日、無窮無境的抽血檢查表明的放棄態度；不曾退縮分毫的前臂是因為早已遭逢更多遠勝於此的苦痛與悲涼，所鍛鍊出的堅強；還是鎮日身癱在床，遠眺窗外——若有幸能被安置在靠窗的位置——晴雨變換，季節嬗遞，出院日期卻始終遙遙無期，月復一月，年復一年，終於演變成為心死？他們或許早已對我感到麻木，我卻始終無法對他們漠然。好幾次瞄準他們沉屙已久的軀體上，其中一條蜿蜒爬行著，因為接受太多次注射或者因藥物影響早已變得脆弱的伏流，下針。失去彈性的血管卻在堅硬的鋼針碰觸後瞬間偏移，外表還看得見，皮下早已失去了蹤跡。面對這樣失敗的採血過程，他們毫無抱怨，我萌生出的濃稠罪惡感卻卡住了喉嚨，咕噥一句沒有人聽得見的「對不起」，忙亂收拾殘局，低頭退出帘幕。只覺得自己無力改善病人困境，還平添磨難。

　　置放尿管能舒緩飽脹的膀胱；傷口清創能刨除惡臭的腐肉。抽血對病人而言，痛苦同樣直截了當，好處卻不甚明白。也因此，鎮日清晨推著抽血車，推開一間間沉重的房門之際，我心中總是充滿壓力。即使在心中擔憂過百次，我還是躲不掉病人的質疑，逃不開深鎖的眉心。它們都終將在我心中烙下深深印痕。

「我之前才抽過啊！為什麼今天還要再抽？」

「醫生，好痛啊！你到底抽好了沒有！」

對不起，我只是值班的實習醫生，我只能聽命行事。

對不起，我不是故意要讓你挨第二針的。

對不起，我下次會練得更好……

我一面於腹內反芻這些說不出口的道歉，一面完成了一個禮拜總有三次，推著採血車逡巡在乳白色甬道跟幽暗病房間的旅程。我始終相信在養成時期親自到末端執行這些被認為是技術面的雜事，對體會病人的恐懼與苦痛有莫大幫助。醫生的培育如果淪為僅著重知識面與專業技藝，終將變得鈍於感受「人」的溫度。往後，我們越爬越高，就越難回頭重拾這些珍貴的日子，這些能好好坐在病人床沿，問他昨晚睡得好嗎，一面用指尖戰戰兢兢在手臂上摸索可以汲取的暗流，深怕稍有閃失便會使自己深感愧疚的日子。

因此，即使再感壓力，即使再不情願，我仍願意從被窩中爬起，推著車，穿過那一條從護理站到病人床沿，實無幾步之遙，卻無比漫長的恆美之路。

框之外

醫生，你醫治自己吧

——《新約・路加福音》4:23

嬸嬸很討厭看醫生。這和她之前的一段就診經歷有關。

在嬸嬸年屆四十歲時，她已為下腹部疼痛苦惱好些年。坊間所能買到的任何一牌止痛藥都無法緩解不適。她只好求助醫生，沒想到卻是惡夢的開端。

自此以後的三年期間，嬸嬸看過八位醫生，四度住進婦產科病房。醫生們把她的症狀解釋成「原因不明的持續性骨盆腔疼痛」。翻開厚厚一疊檢驗報告，諸如尿液、血液、子宮頸等檢查都正常，反覆多次的理學檢查也都沒有發現異樣。

從一開始的家醫科醫師，到後來幾位由家醫科醫師轉介的專科醫師，沒有一位能給出合理的解釋。頭兩次住院時，她接受腰薦骨X光檢查、子宮擴張與刮除術，結果全部呈現陰性；最後，嬸嬸甚至割掉了盲腸，但疼痛依舊持續。幫她診斷過的八位醫師洋洋灑灑寫下十種可能的診斷，包括泌尿道感染、子宮內膜異位、卵巢水泡、膽管疾病、腹膜炎……卻沒有任何一位對嬸嬸日漸焦躁不安的情緒進行安撫。最後，嬸嬸回到當初的那位家醫科醫師，他不高興病人又回來了。於是，這樣一個冗長的循環以一句相形之下簡單荒謬的結論收場：「很抱歉，我和那幾位醫師都無法解釋妳疼痛的原因，但我們可以確認妳的症狀不是由任何嚴重的疾病引起，請放心。」這顯然沒有發揮任何令人放心的效果。之後，嬸嬸最後一位求助的醫師，是精神科醫師。

過了幾年，當我們再次遇到嬸嬸時，她說：「奇怪的是，恢復單身後沒多久，我發現自己下腹部的疼痛竟然不藥而癒了！」嬸嬸說。「但是，不是幾年前我找過的醫生們治好的。他們反而帶給我更多痛苦。我覺得，治好它的，應該是我自己吧！是我鼓起勇氣向一段不愉快的婚姻揮手道別。」

現在回頭看，嬸嬸的病，許多人可能會稱之為心病。當初遭遇這段事的時候，我還只是醫學生，正熱切積極地熟習各種器質性疾病（器官或組織受到了實質的損傷，導致功能下降）。聽到心病便皺起眉頭。覺得心病就是找不到任何一項原因能夠解釋病人的不舒服時，無可奈何端出的垃圾桶。

我所認知的看病，是建立在對疾病與病痛的分類與治療，這個顯而易見的需求上。它指引我們對大部分的器質性疾病做出正確的診斷。透過醫療簡化與組織化，醫師能針對幾項客觀的臨床症狀，有效率地決定病人該接受何種治療，並預期他將如其他千千萬萬接受此療程的患者一般康復。我能理解教學框架依循這套醫療模式的理由。對初次接觸醫學的醫學生而言，它分類清晰、有憑有據。我不須和同儕爭論某患者得的是哪一種疾病——如果我在該患者的病理切片發現某種特定病灶。但這種教育也固定了我們的思考，促使我們在還未面對一個病人之前，就先將目標設定成「尋找」，而非「發現」某一特定疾病。許多執業已久的醫生有這種毛病，因為他們將患者視為完整個人的愛心與耐心已被現實消磨殆盡（當然，我相信不是全部）。這與醫療企業化、健保制度、市場行銷滲透……等等因素都有關係。

有人將抱持以下觀點的醫生：「把患者視為疾病的集合體；依賴醫療模式，用生物醫學框架去套入任何情境。」，稱做化約論者。化約論者在進行診斷時，通常省略人類境遇，也就是患者的生活背景。他們的目標是迅速切入主題，覓得某種或多種特定疾病，確認之後，擬出對策、開藥，或把患者送上手術檯。對他們而言，所有病痛都可以被化約成疾病，而疾病，則可用生物醫學的方法予以消弭。

我們在課堂上學過病痛與疾病的不同。病痛乃以患者為核心，指的是他如何歷經疾病對他造成的傷害及如何承受疾病帶給他的痛苦；而疾病，則僅指其中可以被客觀描述的一小部份。以現在的醫學科技而論，很少器質性疾病能逃過醫生法眼，但往往，單一症狀可以反映千百種器質性疾病。抱怨頭暈的病人可能只是感冒，也有可能是罹患了腦血管循環障礙、小腦退化性病變、耳石脫落、血壓高、血糖低、聽神經瘤等等，族繁不及備載。

隨著我從醫學系畢業，成為一個醫師，開始累積自己的病患，我慢慢發現，我的病人中至少有一半讓我覺得如果我不了解他本人，就不可能了解他的病痛。如果只針對每項可能的器質性疾病作相關檢查，不僅浪費時間與資源，更可能發現，問題的根源與這些無關。

後來，我們才曉得，嬸嬸的先生有暴力傾向。她忍受痛苦的婚姻長達十餘年，卻基於自尊不願讓外人知曉。對丈夫的恐懼讓她再也無法接受與之維繫親密關係。一個可能的推論是，嬸嬸對性的排斥，具體化成可以被感受的疼痛，讓她有正當理由可以拒絕行房。這個推論最大的問題是沒有方法可以證明。但當初急於找尋病理證據，一味針對症狀抽絲剝繭的眾專科醫師們，將嬸嬸的心理狀態解讀成「續發自疾病本身的焦慮與不安」，刻意忽略之，讓嬸嬸距離解除病痛的想望越來越遠，也是事實。

現況是醫師必須在短時間之內消化大量病患。當我們想好好聽一個病人講話，就會有其他候診的病人生氣。如果我們好好聽每一個病人講話，那就會變成醫生沒有時間吃飯、上廁所、休息。

又，醫師每天面對的病人，像嬸嬸那樣找尋不出可以解釋的器質性疾病的，確實是少數。大多數人的病痛，還是可以套入某種疾病。許多病患以為的重點，就醫師聽起來，其實無助釐清診斷。適時打斷病人，切入我問你答的模式，經常有助雙方盡速達成共識，並對症下藥。

在這樣一問一答的設定下，確實身為醫師的我們聽到了所拋出每一個問題的答案，但「聽到了」不等於「傾聽」。當初拋出的問題是為疾病而設，而非個人，甚至不是針對病痛本身。從許多病人身上，我們無法發現什麼，因為我們當初的目標就不是去發現而是尋找。當我手中有一支木槌時，我就會去找一根釘子來槌。

這樣的模式演變下去，預期醫生與病人兩者關心的議題可能將失去相通之處。因為我身為醫生的使命只是找出疾病，並消除症狀，病人卻擔心著自己的生活與病痛。雖然病人可能沒有發現醫生已退回「只想找出疾病，除此之外不過分關心」的醫療模式，但他們總是配合醫生的態度而反應。他們越不會說出自己的完整境遇，對自己的病痛所知的也就越少了。

有人認為，這樣的不平等關係必須存在，才有利促使病人做正向的改變，而醫生被允許透過專業聲望、權威及病人的依賴來行使權利。但這暗示著醫療院所是用於矯治偏差行為的社會控制機構，民眾意識抬頭的近幾年，這樣的思考邏輯越來越常遭到撻伐。不過，無可否認醫生與病人之間確實存在先天落差：資訊的不平衡。一般人對醫師之間交談使用的專業術語通常感到難以接近，而這種心態往往衍生出錯誤的崇敬。「錯誤」此一措詞並非泯除醫生受多年教育所累積的智識，而是指病人接收到醫學名詞的診斷，不管當初的回答是不是被主導的，依然會覺得相對安心，且付出的診療費有了價值，即使這感知可能錯誤，但雙方都不去反抗，甚至樂於遵守「遊戲規則」。對治療者而言，醫療模式提供一個依歸：診斷永遠可以回到某個器質性疾病，心理上是安全的。經年累月，文化上的這種互動模式，更讓病人幾乎都覺得，礙於某種「沒有被講明的約定」他們被迫去描述出一個症狀來，那似乎是他們應該做的。其他的希望、期待、暗示都被隱藏，不應該在診療室裡透露。同時，醫生沒有察覺這些，自然會以為病人當真受他們所描述的病痛之苦，而且還希冀醫生為此做點治療工作。此外，醫療模式提供一種疏離的安全感。醫生與病人可能都會對感情、坦誠、弱點與責任感到不自在。畢竟醫學生並不是被訓練來處理這一類的問題，而是診斷與治療。所以雙方對醫療模式都感到輕鬆，它很有效率地讓醫生與病人的互動免除人性的一面。

但看醫生畢竟不等同於到超級市場購物，這種上下交相賊的模式遲早會導致錯誤的臨床診斷；不對症狀的產生追本溯源，一味地做器質性疾病篩檢也可能浪費醫療資源（像我嬸嬸接受的盲腸手術）。更何況，有時病人的訴求並非單純如醫生假定的：「只需解除症狀」。某人因長期頭痛求醫，他可能希望確定「這不是某種更大疾病的徵兆」，在此情況下，醫生若只有解除症狀，並無法使病人的心理得到安適。更常見的，是疾病模式模糊了焦點，誤導醫生以輔助性的治療（譬如藥物）為主，而不去了解真正的解決之道（患者本身的不良生活習慣），終使得疾病無法根除，徒延長病人的痛苦。

尋找的意思是：有一個目標；但發現的意義是：開放心胸，勇於接納。診斷時，若跳脫以疾病為導向的窠臼，還可獲得治癒心因性疾病以外的好處：許多我們過去認為是純然器質性的疾病，其治療方法屬於生物醫學模式，但它的完全治癒卻非光循生物醫學模式所能企及。七〇年代的美國，越戰方興未艾，許多二十出頭的年輕人被徵召。當他們抵達越南時，妻子或情人便移情別戀。許多軍人因此極端沮喪，過量飲酒或陷入當時盛行的海洛因毒癮中。當他們注射海洛因時，若不慎使用不潔的針頭，就有可能感染B型肝炎。戰爭結束後，那些黃疸等全身性的症狀依舊存在，光提供這群患者藥物方面的支持，顯然只是治標。如果他們無法走出陰霾，症狀解除後依然會訴諸酒精及毒品。對於這類患者，醫療團隊必須給予正向的支持或與其他機構合作，才能讓其擺脫困頓。

近幾年，以疾病為唯一框架的問題逐漸被人所重視，新醫療模式要求醫師能從生物醫學、個人生活史、家庭，甚至社區、文化等角度去詮釋病者之問題，然後將這些不同角度的資訊加以整合。換言之，傳統醫學模式必須融入一個更大的框架。而這些，都得靠醫生問診時確實地傾聽來達成。

的確，人是很難了解的動物。即使醫生懷抱了解病人的動機，病人生活的全貌仍舊無法透過在診間的幾句問候就拼湊出來，加上我們對不同職業、嗜好的想像通常充滿偏見。更別提有時我們根本赧於讓別人了解自己。

對病人而言，為了根治心因性疾病（譬如像我嬸嬸那「原因不明」的下腹部疼痛）而必須對生活做出改變是不容易的。但理想上，醫生至少能夠試圖從主訴中建立起患者的個人生活內容，描繪出病痛的整體，釐清相關事件之間的複雜脈絡，並提供患者如何自助的指引。意即：他必須兼備專業知識及「傳授病患了解自身病痛」的能力，方能讓病患在步出診療間後，靠自己的力量，朝痊癒之路穩健邁進。事實上，醫生（doctor）的拉丁文原意即是老師（teacher）。

總是有人在我們還在求學時就告誡我們，以後懸壺濟世，記得要以整個病人為考量。但過去所受的教育，跟現在的行醫環境，都讓我們離這目標越來越遠。我們在不知不覺中，被訓練成「總是訴諸醫療模式」作為解決所有臨床問題的方法。

在完成訓練，剛開始行醫，意氣風發的頭幾年，我自認對器質性疾病的掌握逐漸攀上高峰，對無法用器質性疾病解釋的狀況感到嗤之以鼻，甚至認為那是醫師診斷的能力不足才會發生的狀況。

但後來，我發現有越來越多無法單純用器質性疾病解釋的病痛；以及，我明明下了正確的器質性疾病診斷，但病人依舊脫離不了痛苦，或者因為某些原因，不願意遵從我的醫囑。我漸漸感到心虛、困惑，進而思考，並承認這套框架的侷限。跳脫以疾病為單一治療導向的框架也意味著，醫師無法期待單純依賴藥物、手術等傳統方式，就解除所有病痛。許多生活上的沉痾才是導致病痛的主要原因。許多人即使知道，也無力，甚至不想去改變。像是煙癮、貪杯、久坐不動、下了班只將視線從發光的大螢幕移到小螢幕、讓自己深陷一段不健康的愛戀，或者總用高油高糖的食物犒賞自己。當雙方都同意醫療行為不再只是權威式的命令和單方向施予，病人也該學習對自己的身體負責，也就是跳脫「只靠醫生」的框架。面對慣以為常的陋習，只有破釜沉舟才救得了自己。

斜頸

一位年輕媽媽，抱著出生不到三個月的嬰兒，坐在我面前的黑色小圓椅。爸爸站在後方。兩個人口罩上方的眉心都皺著。

醫生，我們發現他的頭歪歪的，只喜歡朝右邊倒，怎麼辦？

我手持超音波探頭，輕輕降落在小嬰兒的兩側脖子，在他開始哭鬧前探頭就離開了肌膚。右邊頸部肌肉較為膨大且質地跟正常的稍有不同。我告訴爸媽，這塊膨大的肌肉就是導致他習慣往單側看的原因。

「為什麼肌肉會莫名其妙膨大呢？」爸爸問。「可能的原因很多，但我也不確定。」我說。

「那這會好嗎？」年輕媽媽帶著口罩，眉宇間的皺褶更深了。

「很有機會痊癒！但要積極配合治療跟回家做伸展運動。」

我說，一面指尖起落，用診間電腦系統開立了物理治療處方，並建議媽媽用特定的方式餵奶，讓小朋友喝奶的時候可以將患側頸部倚靠在她手臂內側，藉此拉開膨大的肌肉。

那或許是他們對這個世界表達困惑的方式：歪著頭，思索其中的道理。年輕夫妻離開後，我繼續敲打鍵盤。

而的確，大多數的孩子，斜頸會不藥而癒。隨著時間過去，在他們對這個世界累積了多一點認識，少一點的猜不透之後。

第一次值班

時針擱淺在四跟五中間。我喉嚨變得乾燥，不停吞口水，手心微微出汗。

病房的其他住院醫師聚攏到我身旁，輪流向我報告他們負責照顧的病人最近的病情變化，跟今晚有什麼可能需要處理的事。

最後一位交班的住院醫師離開前咧著嘴對我說：「小心喔，護理站用膳室桌上擺了一盒病人送的鳳梨酥，會旺！」我抬起頭，牆上時鐘顯示五點四十分。不知何時已跨過那條線，隔開下班的大家跟留守的我。

今天是我第一次值班。到明天八點前，這個病房裡四十幾個病人，發生任何需要醫師的狀況，包括向不認識的家屬解釋病情、開藥、注射、置放管路，甚至急救，都由我負責。

第一件事是點開院內網上的班表，在手機輸入總值班學長的分機。這是今晚的保命專線。下午六點，值班已過去一小時。我仍待在護理站，打今天仍未完成的病歷。還有一個小時的時間。七點，我要參加全內科的交班會議。在那之前得把全病房有特殊狀況的病人快速研究過一遍。

六點五十八，我快步移動，卻被擋在電梯門口。為什麼電梯永遠在我想上樓的時候往下走？不能等了，推開厚重的防火門取緊急通道。待抵達交班會議室，只剩最前方正對學長的座位。

12C病房的學弟，今天病房有什麼critical嗎？總值班學長問。今天有兩個critical cases，他們分別是……我開始報告這兩個狀況不穩的病人。學長托著下巴，中間一度看來很想說什麼，卻還是等我告一段落。

下次可以只講重點，像剛剛的……就可以省略。學長說。那如果今天晚上他們發生剛剛你說的狀況，你怎麼處理？

我照自己筆記裡的字句回答，越講越小聲。這是我剛剛查到的答案，但我還沒有實地執行過。還好學長聽了，默默點頭，說如果有問題可以打給他。接下來，就換其他病房的住院醫師被點名回答問題。

晚上八點，全內科的交班會議結束。我回到護理站。夜班護理師說她在等我回來，五分鐘前11-2床的病人胸痛。

我立刻前往床邊探視。問了幾個問題，把心電圖機器從倉庫推到床邊，開始幫病人做心電圖，接著開立抽血單，請護理師幫我抽血。

過了二十分鐘。手機大聲響起來，我嚇了一跳。另外一位護理師說18床的VIP在喘，請我趕快過去看。急忙趕到，聽診器在病人胸口逗留了一陣。我點了胸腔X光等結果，並決定抽動脈血。動脈血必須由醫師自己來。這是我第一次抽動脈血。有幾個可以下針的地方，其中手肘跟手腕需要較高的技術。評估自己的能耐後，我還是決定從成功率最高的鼠蹊部股動脈下針。在聽到我請他脫褲子時，病人看了看旁邊的護理師，又看了看坐在旁邊單人房沙發上的傭人。

「不能從手肘抽嗎？」他現在連講一句話都稍嫌吃力，卻還是開口，顯然頗為介意。

我愣了一下，心裡想，緊急狀況由不得你挑三揀四的。但因為對方是ＶＩＰ，怕隔天被學長罵，我只好硬著頭皮改從手肘入針。針頭在皮膚底下退了又進，病人痛得哀哀叫，我也滿頭大汗。途中可能戳到了神經，病人喊手像被電流電到。後來，好不容易瞥見針筒裡有回血，我高興了三秒鐘臉色又再度沉下來。那暗紅的液體，不是動脈血。可能是採到與動脈並行的靜脈了。

「對不起，可能還是要請你脫下褲子從鼠蹊部抽血。」我鼓起很大的勇氣，說。

待我推著工作檯車步出單人房，已經是三十分鐘後。背上都是溼的，擔心抽好的動脈血如果沒有趕快冰浴、送件，就要變質。方才手機響了三次或者更多，我完全沒有餘裕空出手應答。詢問病房的護理師，還好剛剛只是請我補個文字醫囑，更改某床明天的膳食醫令，跟告訴我病人不小心把安眠藥掉在地上了，請再開一顆。弄好這些，牆上的時鐘顯示十點我卻毫無餓意。

值班室是由好幾個病房的值班醫師共同分享。夏季剛好新人舊人交接，猜裡頭許多面孔跟我一樣都是第一次值班。沒有彼此問候，或許因為迷信只要那句：「今天目前都還順利。」一出口，下一秒就有人要休克掉血壓。手機響起，我總以為是自己的。接連聽到上鋪、隔壁床的同事乒乒乓乓跳到地板，吧嗒吧嗒衝出去甩上門。即使我當晚運氣絕佳，大半夜沒有人找，仍睡睡醒醒。耐不住尿意，起來才發現自己的勃肯鞋不知道被剛剛哪個接到電話的人穿走了。

隔天一早六點，鈴聲響起。護理師請我去採晨血，接著報告昨天病人的體液進出量。我搞不懂為什麼她們非得在我神智不清的清晨，像背稿似地複誦：病人昨天點滴注了多少、鼻胃管灌了多少、然後又尿了多少。後來才曉得這些夜班護理師待會兒得跟白班護理師交班，如果被抓到有什麼資訊忘了跟醫師報備，就準備挨罵。

第一次的值班就在見到隔日上班的同事，向他們回報各自負責的病人昨晚是否平安後，正式結束。實習醫師加上住院醫師，六年的時間，扣掉少數不用值班的月份，至少有三、四百個晚上是在這樣的惶惶不安中度過。

某次半夜，病人眼珠上吊，右手一陣一陣地抽搐。我跟傳送員推著大床，兩個人一言不發穿過長長的地下走廊，前往新醫療大樓的電腦斷層檢查室。學長在出發前交給我一管藥物，叮囑如果運送過程中病人癲癇再次發作，就趕快幫他打進血管。我將那管藥緊握在手心，到現在都還記得針筒內液體的蒼白。

另一晚在值班室，半夜兩點，門突然碰碰碰地大響，我還來不及戴上眼鏡就下床把門打開，迎面而來的護理師說有一床兩個小時前還好好的病人，突然沒了呼吸心跳。

又一晚，一個中年男性突然尿不出來。我到床邊插尿管，怎麼插都插不進去。找了隔壁病房比我資深一年的住院醫師，他試了幾次也都失敗。最後，我硬著頭皮打電話給泌尿科學長。大家都說他脾氣很差，但當晚值班的只有他，我別無選擇。學長來了，臉臭得像是我A到他新買的車，嘴巴不停碎念現在的小朋友連插尿管也不會。後來，學長自己也試得滿頭大汗。我第一次看見他掏出泌尿科專屬的祕密武器：不同尺寸的鐵棒。學長捏起一根，抓好病人的生殖器，就直直往尿道口捅。細的鐵棒沒入，退出，再插一次尿管，尿管仍插不進去，就再換粗一號的鐵棒，如此重複數次。整個過程病人都是清醒的。我忘記後來有沒有成功，只記得病人胯下鋪的無菌綠單，上頭滿佈暗色血跡。

後來，我變得越來越有經驗，但不變的是，無論實際上忙或閒，我值班夜總是睡不好，擔心下一秒電話會響起，擔心剛剛的處置是否漏了什麼。一有震動便瞬間從椅子、床上跳起，卻常常是假警報；手機一段時間沒響就更不安了，頻頻掏出口袋點亮屏幕，檢查是否沒電。值班結束就像逃離一場被瘋狂探究隱私的聚會，只希望回到家，脫掉外衣、外褲，躺在沙發垮著臉，什麼也不想，什麼也不做——但也只是希望。早上八點值班結束，我還是得繼續工作一整天，祈禱至少值班後的今天，我能準時下班。

心內的石頭

對準老師的心臟。手術刀片尚未隱沒，就無法繼續深入。改縱切，手指輕輕扣住表淺往兩側扳開，裡頭全是黑色硬物。我們輪流用探針、鑷子、止血鉗清理。冷冽的實驗室，鏡片都起霧了。想挑出充塞四個腔室的祕密，又怕攪爛外層肌理，把持器具的手不知該如何施力，頻頻顫抖。

解剖所助教離開，又來了另一位。他們偏著頭：正常血塊不會囤這麼多在心房心室，也不會如此堅硬。我和同伴重複清理的動作，器具從左手換到右手，再換回左手。是什麼原因，讓你鬱積這麼多沒有化解？詢問教授，並調來了死亡證明。上頭寫，老師是位遊民。

解剖課第一天。主刀同學掀開白布，望著老師的胸膛，只是不斷複誦肌肉名稱。助教靠近身旁，說，老師已經沒有感覺了。表皮經過浸泡，顯得灰白，胸前大片刺龍繡鳳仍張牙舞爪。我們拋開對他們過去的想像，告訴自己只是在操練一組教具，而非用尖銳的刀片，侵犯一個人的五臟六腑。時間過去，疏離逐漸拿手，我們卸除並托住肝腦腎肺，按上圖釘；指尖伸入縫隙，滑開筋膜，讓肌束條理分明；斷言什麼是會，什麼是不會被出成考題的；在陽光不得進入的房裡躬身，任嗆鼻氣味穿透口罩，化做鼻水淚水；在老師肚皮上方，抱怨血管與神經分支太小太細，按圖索驥，一個過頭就遺失線索（「隔壁組怎能清得乾乾淨淨？」）；皺起眉頭，為眼前與解剖畫冊不符的變異攤開掌心（「後天跑臺考該怎樣回答？」）。

幾乎每張解剖檯前，都懸掛一張A4紙，簡介大體生平。我們檯前卻是空蕩蕩的。我想像老師的過往，猜測他為何捐贈大體。是否有問過本人的意願？證明書上的死因，寫著心肺衰竭，等於沒有說明。

從身披實驗袍，戒慎恐懼或躊躇滿志劃下第一割，到數年後身穿長袍，手術室的白光熄滅，為想不起有沒有縫好的一針在夜裡床上翻滾，難以闔眼。老師的旅程就此停步，我們只能向前走。但當時的我還不知道，沒有走外科系的自己，這就是最後一次握手術刀了。

教授判定，黑色硬塊是老師往生後，福馬林太晚灌注，導致血液早已凝固在心內。更多的疑惑則沒有解答。整學期的解剖課結束了，我們認識您身上每一處隆起與凹陷，卻不認識你。需將臟器歸位，逆著縫合外皮。許多敞開的部位在空調室暴露半年，乾癟萎縮，使勁拉扯都無法對齊。帶上倒數幾針，我以為自己早已習得不注感情，卻仍然後悔之前忘了噴水、覆白布，導致現在連還給老師原本的樣貌也做不好。熟悉但不等於習慣的福馬林味，最後一日也如第一天刺痛我的雙眼。我擦了擦眼角，以為的溼潤卻感覺不出來。忘了自己還戴著橡膠手套。

有什麼需要幫忙的，請跟我說

病人A動完手術後，腹部接了一個引流管。她的傷口很乾淨，身體恢復狀況也很好。我每天要做的，其實只是把在外皮擱了一天，幾乎都還是全新的紗布換掉，蓋一片新的上去。病人應該教育水準很高，說話得體客氣；社經條件似乎也很優渥，探病的面孔一張換過一張，床頭櫃上總擺著高級水果禮盒；家庭支持完備，先生跟小孩輪流陪伴床沿，出院後應該也能繼續享有這樣的悉心照料。雖然我幾乎沒幫上什麼忙，但她總會跟我說：醫生，你好辛苦。麻煩你了。我聽了感覺很舒服，每次去幫她換藥的時候都會順便問她昨晚睡得好嗎，有沒有其他需要幫助的？她只會回答：「沒有、沒有。」最後換完藥，她總是會禮貌地說：「醫生，謝謝你！」我笑著回答：「不客氣，多多休息。」拉上帘幕前不忘回頭添一句：「有什麼需要幫忙的不要客氣，請儘管跟我們說。」

病人B是癌症病人，狀況很差。腹部中央縫了二十幾針的傷口一直流出果凍狀的湯湯水水。我每次鋪上好幾層紗布，厚厚的像小山一樣突起，沒過幾個小時又被浸溼了。推著換藥車來到熟悉的位置，她勉強把前臂抬離床面，跟我搖了搖手。我為自己頻繁的造訪感到不耐。心底知道這次清得再乾淨，兩小時之後一切又要重來一遍。病人B躺在床上，收緊下頷，緊盯著我持棉棒的左手，使勁壓她的肚皮，右手則持紗布接住從傷口縫隙被擠出來的紅黃色黏液。使力太大她便喊痛，使力太小她便抱怨：「你這樣裡面的髒東西出不來啦！」換她傷口的藥，一次得花四十分鐘。我後來學會在一開始就把床搖到最高，以免我長時間彎腰作業，結束時直不起身；並且，在腳邊鋪張廢紙，好堆積用過的棉棒跟紗布，最後再做一次丟棄。四十分鐘過了，棉棒跟紗布塞滿換藥車的垃圾桶，我的下背好痠，額頭上都是汗。她問我：「你要不要衛生紙？」終於固定好傷口表面最後的一片膠帶。她嘆了口氣，對我說：「我這樣子，怎麼辦？」我不知道如何回答，心裡很同情。但我帶上帘幕的時候，卻不敢問她：「有什麼需要幫忙的，請儘管跟我們說。」

沒有小孩的我，卻要教人如何帶小孩

我二十九歲那年，最富挑戰性的事大概是開始負責小兒復健門診。

當時，沒有小孩的我，是最會下指導棋的育兒專家。

「醫生，我小孩上課都靜不下來，會一直離開座位，老師講都講不聽，該怎麼辦？」

「醫生，我小孩非常非常挑食，而且只喜歡穿同一套衣服，髒了也不想換，怎麼辦？」

這還算是好處理的。「好！我幫你安排兒童心理評估！」我大筆一揮，替這些孩子安上一個甚至多個診斷：過動症、自閉症。最後還不忘提醒，理解與陪伴的重要。

「醫生，我小朋友都快兩歲了，還不會叫爸爸媽媽。」

「醫生，我小朋友都三歲了，但還不會講句子。」

問了問，發現又是一對忙碌的雙薪家長，而阿公阿嬤用3C育孫。

「可能是環境的言語刺激不足，我幫你們安排早療課程。」我嘆了口氣，手指快速地敲打鍵盤。並且加上一句：「再忙，都要記得每天唸故事書給孩子聽。」

最麻煩的，不是單純缺了什麼；或者，缺了什麼，但那匱乏不是我們能代為填補的。

「醫生，我家老大每次洗手完，經過妹妹的嬰兒床，就會手伸進去往裡頭躺著的妹妹臉上潑水，惹妹妹大哭，怎麼講都講不聽。」

「醫生，我小孩喜歡頂嘴，不管我要他幹嘛，他話還沒聽完就說：不要！」

「醫生，我小孩要什麼東西，就非要到不可，一直盧一直盧。有幾次，還直接躺在大賣場的地板上不起來。我都快神經衰弱了。」

「醫生，我兒子竟然從我皮包裡偷錢！他以後會不會變成慣竊！」

聽到這些，我嚥下一口口水。然後，強裝鎮定，一面振振有詞：「身為家長，自己的情緒要先控制好，最忌諱跟著孩子的脫序行為起舞。若是在公共場合，不要立刻大聲糾正，要先將孩子帶離吵雜的環境，讓孩子冷靜下來……」

撐到下診，帶上拉門，我不停地絞手指頭。很好奇剛才坐在面前，一臉焦慮的爸媽，聽到我天花亂墜的育兒經，心裡在想什麼。

他們有看穿我的心虛嗎？

婚姻失敗的，出書教人如何維持良好關係；發動戰爭的，在電視上侃侃而談如何促進國與國之間的和平；對他人遭逢的育兒困境最能說得頭頭是道的，或許，正是像我這種沒生過小孩的人吧！

致藍衣人

我走進護理站點開電腦，匆匆瀏覽病人昨晚的生命徵象曲線與護理紀錄，在紙上速記幾筆。走進病房，早上八點，窗簾尚未拉起，躺在床上的老先生看起來睡得很沉，但從方才的護理紀錄得知，他鬧了一夜。

我拍了拍睡在一旁的看護。

「爺爺昨天晚上睡得還好嗎？」

「不好！他一直搖床欄，吵得大家都睡不著覺！」看護睡眼惺忪地回答。

「那爺爺吃了止瀉藥以後，還有一直拉肚子嗎？」

我記錄看護的答覆。一旁因為中風半側偏癱，且罹患失語症的老先生瞪大眼睛看著我，發出噫噫嗚嗚的聲音，像牙牙學語的孩子。

「伯伯，你也該起床啦！」看護拉開窗簾，可惜外頭沒有陽光。她放下床欄，左手伸入老先生的背後，右手環抱他的兩隻大腿，一個順時針推拉，病人瞬間從躺著變成坐姿。

「那你等下再告訴我，今天復健老師教了他什麼。」我向病人與看護招招手，前往下一床。如此，週而復始，構成復健科病房的日常。

通常，與我對話最多的不是患者，而是披著淡藍色背心，隨伺在旁的看護。因中風，腦瘤或者外傷失去自理能力的病人，舉凡練站、練走、穿衣、進食，大小便，都得由看護一手包辦。醫生、復健師，或者護理師交代什麼，他們就親力親為。坐在陪病椅上，一匙一匙小心餵食，還得忙不迭擦拭從嘴角溢出的飯粒；忍受惡臭施力抬起臀部，將沾滿糊便的尿布抽出換新。他們協助的，全都是無血緣關係的老人。

我從病房走廊經過，遇見好幾位正在練習站立的病患。看護彼此隔著一段距離聊天，一面熟練地替自個兒照顧的老頑童繫上腰帶，用腳從後方頂著他們的膝蓋，每隔幾分鐘不忘叮嚀一次：

「腳彎啦！屁股出力！再撐一下子。」

下午，一位看護跑來護理站找我，說爺爺的肩膀很痛。我抵達床沿，抬高病人的肩膀，並檢查肢體末端，發現手掌發紅水腫。爺爺罹患了中風病人常見的肩手症候群；又，看護看我從走廊上經過，連忙趕上，說阿嬤剛剛上課上到一半，整個人突然喘起來。我趕到床邊，聽了聽呼吸音，按壓足背，安排了張胸部X光。一看，是肋膜積水。

偶爾，看護也因無法忍受病人的跋扈、日夜顛倒，或不間斷發作的譫妄離去。但大多時候，大部分的看護均以我無法想像的耐性，默默吞下旁人看得見，與看不見的苦。

中風的病人，無力的肢體常存有高張力。若沒有由照顧者來活動關節，終將攣縮成難以扳動。但拉開蜷曲的關節，又往往引發劇痛。只聽見病房內傳來哀嚎，緊接一連串的穢語，看護們還是一天好幾次，假裝充耳不聞，拉開那緊縮的肩膀或膝蓋。

至於連翻身能力都喪失的，必須每兩個小時翻一次身。連大半夜，也不能免。我常在值班時，半夜接到好幾通電話，睡得斷斷續續，隔日精神不濟。無法想像，這樣的生活若持續好幾天，好幾週，甚至好幾個月。

還好，經過積極的復健與照護，大多數的病人總會進步。轉入復健病房四週後，許多當初臥床，連翻身都需要人協助的半癱患者，都能拄著拐杖走出醫院。這時，我時常碰見先前未曾打過照面的家屬，提著一盒蛋糕或水果來到護理站，說要找醫生。

某回，我提著病人家屬送的一盒水果，把它交給先前照顧這位病人的看護。看護阿姨第一次遇到有醫生這樣做，驚嚇大過於喜悅，一掌摀住嘴，另一手急忙推開禮盒，說：「不用、不用」，好像她幫的，並不是什麼了不起的忙似的。

鬼畫符

小時候起，我就從來讀不懂醫生寫的英文。斜斜的目光努力在白袍低頭書寫的瞬間逡巡，只覺得那隨性撇捺傳達了極深醫學奧祕，像古老牆上的咒語。但我也從來不敢去質疑他們：「醫生，請問你寫這樣自己看得懂嗎？」

有次上完鋼琴課跟鋼琴老師聊天。我問：「老師妳會不會覺得醫生寫病歷，字體都很潦草啊。」老師回答會。然後她想了一想，說：「我覺得那是故意的。」

「為什麼？」

「可能因為不想讓我們看懂吧。」

醫學系五年級第一個課程正好是內科。我開始學習從護理站的病歷架，抽出一本藍色厚皮的病歷，翻開，瞄幾眼，就要從這個病人之前的病程紀錄，歸納出大概的治療過程報告給學長姐聽。可是有好幾個人，特別是主治醫生，字跡實在太潦草了。我偷偷在心裡抱怨：不想給病人看懂就算了，在見習醫生面前設下一道進入障礙也是他們的目的嗎？同時懷疑：如果有其他醫生被照會，來翻病歷，他們真的都看得懂自己的同事在寫些什麼嗎？

又一週，在皮膚科輪值，跟一位大牌教授的診。只見他豪邁地在診斷的空格寫一個「P」，後面跟著一條「～」。看起來就像這樣：「P~」。我問了，才知道原來他想表達：「Psoriasis vulgaris」。

某次跟診，遇到一位看來很親切的主治醫生。我終於逮到機會提問：「老師，妳覺得醫生把病歷寫得很潦草是故意的嗎？」她大笑，直直地看著我，說：「當然不是，而是每天都寫到很煩的一些常見症狀或診斷，我們當然會想要一筆把它們帶過。」突然，她收起笑容：「不過病歷真的要好好寫呵！如果遇到醫療糾紛，病歷是唯一能替你說話的證人。你當初看診時什麼有問，什麼沒問；什麼檢查有做，什麼漏了，上面都記載得一清二楚。」這時我心裡突然浮現一個古怪的念頭：「所以病歷寫潦草一點，反正法官看了也看不懂，就可以胡謅。」老師好像看穿我似的，又加了一句：「至於你剛才問的啊，法官通常都還是信任你在病歷上所記載的東西。所以，不要辜負了人家的信任。」行事還是要行得正。仰不愧於天，俯不怍於人。我想這是她的意思。

回想起在內科病房，一向以直問不諱——不管是多怪的問題都一樣——著稱的我，那天還是不知吃了什麼熊心豹子膽，跑去問領軍的主治醫生：「老師，為什麼你病歷要寫得這麼草啊！」主治醫生看了我一會兒，我以為就要挨罵了。沒想到他眨了眨眼，說：

「其實啊，我有時候回頭去翻，也看不懂我那時候寫的東西。」

投論文，投文學獎

投論文，與投文學獎，有許多相同跟相異之處。

投文學獎，尤其全國規模的獎，是一場難度很高的競賽（常常是三四百篇選四五篇，中的機率大約只有百分之一到二），但只要得獎，就一定是無條件接受。這在學術投稿上，是很少遇到的事。

學術投稿，審稿者看的是實驗設計的核心思想。如果這篇文章的核心思想是好的，但有需要解釋得更詳細之處，他就會要求做大幅度或小幅度的修改，附上一句：改好了請再次送件。如此逡巡許多回，最後好不容易方獲得刊登。

在文學獎的場域，「怎麼寫」至關重要。兩個描寫同樣主題的寫作者，若文句流暢度、用詞拿捏，或切入的角度不同，最後作品的水準可能差距極大。但學術寫作，「怎麼寫」就沒那麼重要。你一開始的實驗設計，就決定了這篇文章最後的高度。文句不通順，贅詞太多，英文用得不漂亮，審稿者不見得會因此拒件，頂多希望你先送個英修。

幾乎每個學術期刊一年到頭都開放投件，單一文學獎一年卻只有開放兩三個月徵稿。一篇學術稿件，可以從影響係數最高的期刊一路往下試。被退稿了，就像彈簧一樣立刻改投下一家；投文學獎，卻常常擱淺於各個不同獎項的徵稿期限。各個文學獎獎項也偶有主題、字數限制。辛苦等待某獎項公布落空，也同時錯過了另一個的徵稿期限。一篇學術文章海投，後人常云「總有落腳的地方」；參加文學獎，若作品水準不夠，連「保底」也不可得。

文學獎寫作，常擴充自一個小小的「梗」，但因著這個「梗」一路寫下去，會發現這篇文章慢慢長出自己的骨架與血肉。運筆之際，過去的生命經驗跟倏地冒出來的新想法不斷注入筆尖，不知不覺，成品跟當初設想的，長成完全不同的樣貌。

學術寫作，則在嚴謹的架構下進行，一落筆就要清楚自己想完成的是什麼樣的文章。最古典的架構是簡介、實驗方法、結果、討論，與總結。內容貴求精確到位。想當初，我住院醫師第一年時，科內教授帶我寫第一篇論文，只記得他看我交上去的初版稿件，面有難色地說：「你怎麼都不把重點寫在每個段落的第一句？」「這句寫得不夠精確，這句也是！你要知道，每一個句子都不可以有第二種意思。」

文學獎的寫作，作者想要表達的東西，往往隱藏在層巒疊嶂間。還時常故意文不對題，給讀者製造想像空間與衝突感。譬如，作者下的題目是「母親」，但其實講的是長期代母職照顧自己的大姐；如果看到一篇散文的題目是「幸福社區」，圈內人心下了然，要講的八成不是個幸福的社區。

私以為，文學獎的機制是比較公平的。文學獎皆為匿名制，參加比賽的人，事先也不會知道誰是評審；學術投稿建立在「同儕審查」的機制上。有時，期刊甚至允許投稿者「列出三個希望幫你審查這篇文章的審稿者」。

若要說兩者有何相似之處，其中一項，大概是選擇投哪家期刊，猶如選擇參加哪個文學獎。創作者，也常把最好的文章留給規模最大、獎金最高的獎。但無論是研究者，還是文青，都常常犯「眼高手低」的毛病。

不論是文學獎，還是學術投稿，審稿的都是人，人皆有主觀好惡。身邊不乏有文章被低影響係數的期刊拒絕，卻被較高影響係數的期刊接受的例子；類似，文學獎總有排名。偶爾亦有首獎作品過了好幾年被評論家重新拿出來討論，覺得其實論新穎度或文采，都不如二、三獎。不知當初為何雀屏中選，諸如此類的消息。

投文學獎，需要平常放亮眼，汲汲觀察、感受身旁的一切，偶爾靈感也會自個兒找上門。通常在當下快速把「梗」記下來，待之後有空擴寫、慢修，方能成篇。學術寫作，也得仰賴平常勤做文獻蒐尋，與同儕討論，才能發現尚未被研究澈底的藍海。

我曾受邀當過學術期刊的審稿者，但目前仍沒有受邀當過任何文學獎的評審。多年以來，我覺得從這兩件事情上都得到不少痛苦與樂趣。就像指導過我學術寫作的教授常說的：被接受是幸運，被退稿是常態。此箴言對我終身受用。

出口

囿於時間，門診醫生對病人的關心常常被迫點到為止。

我一節門診三小時，通常需要看幾十個病人。這些人帶著不同的病痛上門。我詢問他們哪裡不適，要求他們做更詳細、更精確的描述。但當我收集到足以下診斷的資訊，他們卻還想跟我分享更多，像是關於生活中的困擾，病痛之外的（很多時候，病痛與病痛之外的困擾並沒有清楚界線），我因為還有其他病人在診間外頭等，只能不耐擺手說，好了，我知道了。

但其實他們來不及說的，我結束門診關閉電腦與電燈開關時想到，可能比他們被要求說出口的更期待被聽見，被理解。

而他們一直在尋找那個出口。

難忘的大董烤鴨

十幾年前，我還是醫學生的時候，曾跟幾位同學，到北京協和醫院參訪兩週。所有食宿由主辦方招待，還有清華大學醫學生帶著四處觀光。道別時，我們緊緊握著對方的手，允諾以後要常常聯繫。

事後想想，匆匆停留幾天或數週，真能藉此建立起長久的關係嗎？但當時的我竟然就這麼相信，也相信做為代表的自己，肩負重任。其實，我剛進臨床不滿兩年，只有過在老師與學長姐們身邊，東轉轉西看看湊熱鬧。根本還沒有從入院到康復，完整照顧過任何一位病人，對第一線醫療人員面臨的辱罵與困境也只是聽說，自頭至尾被保護得好好的。仗著七年的醫學系即將邁入第六年，竟有一種自己已經很資深的錯覺。來到協和，品頭論足的氣勢倒很旺，什麼都要拿對方跟「我們臺大這邊」比較一番。

協和的名氣在大陸很響亮。我小時候第一次認識協和醫院，是讀梁實秋主編的《國父》。裡頭描述：「十四年一月二十六日，國父病勢已經很嚴重，請好幾位德國、俄國的醫師都無法治療……最後住進協和醫院。協和醫院是當時亞洲最好的醫院，有最好的醫師和最新的設備如鐵肺、鐳錠等，都是當時其他醫院所沒有的。」我們跟診時，見到許多病患花兩、三天，搭公交接鐵路再轉公交，從內陸的省份赴協和求醫。他們講的方言，我完全聽不懂。神奇的是我遇過的協和醫生全都不需要翻譯。

他們的病程每日進展、入院紀錄及病歷皆用簡體中文書寫，包括各式藥名、術式名稱、疾病稱呼……。參與討論時，我們經常必須抓緊空檔舉手提問，請那兒的醫師將口中的一些名詞翻譯成英文才會意。幸好他們學生時期也有一併學過英文術語。但當我跟病房的一位住院醫師聊天，他聽我說臺大的醫生寫病歷都是用英文時，露出一副吃驚的表情，問：「那豈不挺費力的？」

全中文的環境造就更親近的醫患關係。我跟診時，發現因為病人大致都看得懂病歷，也比臺大更常主動要求拷貝一份帶走。回去研究一番後，常能和醫師侃侃而談自己的病情。甚至，協和醫師在鍵入藥單時，病患會湊近屏幕插上幾句：「醫生！我之前就用過環孢黴素了啊！沒啥效用，開點別兒的吧！」有時醫生還真會「從善如流」。參訪結束前，我們同大陸學生談到此事，他們反問：「這不是挺正常嗎？那你們那兒的病患都不會好奇醫生開什麼藥嗎？」我們不好意思地回說病患看不懂英文，也就沒問了，我們不習慣一一解釋。

除了在協和醫院總院打轉，我們也參觀了北京平谷市郊的醫院，及養育豬隻供外科醫生熟練手術技巧的模擬醫院。醫生在大陸的社經聲望不若臺灣，亦非高中生心目中的首選科系。平谷市郊醫院的院長告訴我們，中共醫生地位在解放前是高的，但之後毛澤東為了讓廣大農村偏遠地區都能接受到基本醫療照護，設立許多兩年制、三年制的醫學校。短時間內的確釋放出大量完成訓練的醫師，卻也因為人數上升且培育時間過短，造成醫師薪水降低，素質良莠不齊。

氣派的大廳，精心的簡報。牆上紅底白字的布條寫著，協和醫院劍指成為全亞洲，甚至全世界首屈一指的醫院。可病人照完了X光片、電腦斷層，協和仍習慣將其沖印出來，裝在扁平的塑膠袋由病患或醫師帶著走。第一天下午我們參觀胰腺疾病病房，發現病床泰半沒有簾幕。醫生做身體檢查或詢問病史，偶可見鄰床的病人及家屬探頭探腦。查房時鮮少有人帶口罩。我們隨主治大夫在病房裡逡巡、停留，他鼓勵我們試著按壓其中一位病人的腹部。我第一反應是尋找乾洗手液，卻遍尋不著。

清華大學的醫學生，及協和醫院接待我們的醫生，舉手投足無不客氣合禮。週末，當地學生帶我們到八達嶺長城遊玩。城牆內狹窄的通道擠滿了人，我們前方的群眾動也不動，後方的卻一直壓上來，甚至用掌心推我們的背。「不要再推了！有沒有教養啊！」我同學終於忍不住了，轉頭對出手的大媽破口大罵。大媽沒有道歉，面無表情繼續簇擁我們向前，假裝什麼也沒發生。

返回臺灣前，我們聽聞長庚即將挾雄厚資金進駐北京，放話以高薪攻勢挖角協和醫院的人才。在其它省份，原先以公立醫院為主的系統也逐漸開放私營。不論是經濟還是醫療，走向改革開放是趨勢。但北京這樣的大都市與內陸的鄉村，一者疾行，一者緩步。幅員遼闊的大陸該如何在穩定拉拔重點城鎮的同時，縮小城鄉差距，是我相當好奇卻未獲解答的。

回臺灣後，生活逐漸被全職工作填滿。參訪鑿了一道孔，讓我們得以一窺同行在不同地域執業的模樣。但我對參訪這件事，心中一直存在矛盾。過程中，雙方以和諧為上，比起教學相長，更像一場華麗的社交。批評與指教不曾也不宜過度袒露。又，參訪打著「學習、交流」的旗幟，接待方總要端出值得他人羨慕的東西，才能吸引對方專程造訪。接待方因此有充足的動機隱惡揚善。我們看到的東西不會皆假，但也未必全真。

可我又垂涎於參訪活動裡必定會有的，當地人引路的美食。

當年，我們一群臺灣人說都來到這兒了，想嚐著名的「全聚德」烤鴨。但負責招待的清大學生說，比起全聚德，他們更推薦「大董」。後來雖然沒能頭對頭一較高下，大董烤鴨皮那玻璃糖心般的脆，跟貼上舌尖後閉口咀嚼，在嘴內迸開的濃烈油香與甜，如今已過了十幾載，仍令我生津難忘。

周叔叔

擔任不分科住院醫師那年，輪訓到兒童血液腫瘤科，跟的一位主治醫師，大家都叫他周叔叔。我一直很好奇為什麼周醫師會有這個綽號。是因為他對病童很親切嗎？但我看他跟小朋友講話也都是一板一眼的。

每天傍晚，我準備下班的時候，周醫師總是還在。有一回我接到周醫師的電話，說他在遠端看了病人下午抽血的數據，臨時決定幫他安排化療，叫我幫忙開藥。我心裡一面抱怨這飛來橫禍（化療處方很難開），一面聽周醫師在電話裡說，等會兒他跟家人吃完飯，會再跟我聯絡。那天是星期日。我想，周醫師連假日都這麼忙，他的家人不會很無奈嗎？或許，這種日子一長，他的家人反而會不習慣他沒有被電話打斷。

後來才知道這個綽號的由來，是因為全臺灣許多沒有醫院願意醫治的重症血癌患者，周醫師都照單全收。因為他太少回家了，所以自己的小孩小時候不記得他，在他回家的時候竟朝他問候一句：叔叔好。

坐在值班室裡，我仔細核對化療藥的醫囑，深怕哪兒算錯。外頭病房走廊上有小孩的尖叫跟嬉鬧聲，持續好長一段時間。我終於受不了了，推門出去準備大聲訓斥，結果發現其中一位是光頭的病童，睜著烏溜溜的大眼睛衝著我瞧，突然什麼都說不出口了。

如何握好一枚持針器

縫合訓練營。犧牲假日來指導我們這些後輩的醫師感嘆，我們收了很多聰明的高中生，其中有一些甚至還參加過奧林匹亞數理競賽拿了獎牌，但進入外科這個師徒制氣氛濃厚的環境，就逐漸拋棄了以前的科學訓練，跟追根究柢的精神，一味模仿學長姐與老師的做法，不再問為什麼。譬如，持針器的握法。很多人長期都用錯誤且費力的方式握持針器，因為他們的老師也都這麼握。卻沒有想到，如果手握的地方能向自己身體靠近一點，就能讓力臂更長，也越省力。這只是簡單的槓桿原理，但就能大大減輕手術的疲勞。

我不置可否，外科許多老師個性急，光是看你綁線的方式不如他意，張嘴就是一陣罵。即使心中有些自己的想法，自信心也在初學的過程被消磨殆盡；又正因為外科是師徒制，要在住院醫師階段實際操演各種手術，只能仰賴前輩放刀。不被罵就已是萬幸，誰還敢指正老師握持針器的方式？

手術房裡，哪位醫師不是掛著黑眼圈？全神貫注開完這一臺，又得趁空檔巡視稍早被送進恢復室、正等待麻醉退去的，跟病房內大聲喊痛要求悉心探視的病人。提倡批判性思考，也得先創造能讓人敢發表意見的環境，跟能睡得飽覺啊！

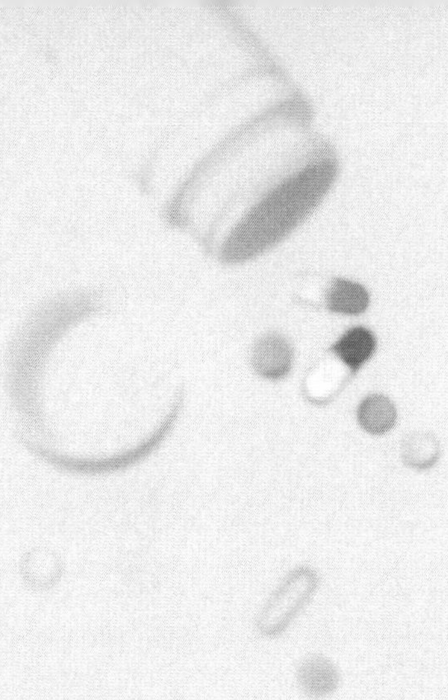

三級警戒，醫生沒有WFH這回事

沙漠玫瑰

我和太太曾希望在窗臺製造一片綠意。結束一整天的勞累後，回家有發亮屏幕以外的東西可供玩賞注視。

可豐盈的翠綠並非說說便有，需以勤勞照料換取。太太在醫院，朝八晚六；我在診所，一週好幾日夜診。太太返家，常一個人晚餐。晚上接近十點，我下診，她問我今天過得如何。但經過一連數小時的病史詢問、檢查結果說明，與口頭衛教，我只想安靜面對遲來的晚餐，橫躺在沙發上，看網紅大啖美食。聽他們閒扯讓我感到放心。沒有重點，也不必擔心遺漏。

逐漸凋黃的似乎不只有植栽。我們將壞死的連盆丟棄，改買耐旱植物。雖不如水分飽滿的嫩葉賞心悅目，但此時的我們更需要一丁點自信。沒有綠拇指，總不會連這都搞砸吧。

背負最高期望的是沙漠玫瑰。冬天時不過是光禿的矮胖枝枒，但據說到四、五月，就會綻放鮮紅的花。重點是，它很好養。「兩個禮拜不澆水也不會死」，賣的人如此宣稱。

擺著不管，也不會怎麼樣。我們更有理由不辛勤對待它了。繁花盛開的願景仍在，現實卻是我倆連弄清楚，誰今天已幫盆栽澆過水了的時間都沒有。永遠都有更重要的事該煩惱。我不禁懷疑，一樣的疏於照料，真能招來不一樣的結果嗎？撕去最後一張日曆。五月，沙漠玫瑰依舊沒有開花的跡象。

然後，疫情來了。

三級警戒第一週，我的門診病人少到像是全市的人都已無病無痛。老闆來電：這樣下去也是虧錢。你要不要乾脆放個假？

醫師沒在家上班這回事。我糜爛兩天後決定來研讀食譜，太太再也不用拎著油膩的便當回家。自告奮勇這段期間由我負責澆灌，沙漠玫瑰終於可以免除經歷一陣暴飲後，接連數週的乾旱。查了資料，我興沖沖報告，原來之前都忘了施肥。買了磷鉀肥，施於葉面。過了數週，沙漠玫瑰枝繁葉茂，卻依舊不長花苞。但我和太太已不再著急。花期過了就過吧。只要活著，明年又多一件可以期待的事。

三級警戒解除，病人開始回流。老闆問是否恢復夜診，我說自己已回不去以前的生活。

同業聚首，大家怨嘆過去這幾個月不知少賺了多少。隔著隔板，我聞之微笑點頭。

等一部向上的電梯

值班夜，想去買點吃的。經過臺大醫院一樓，又看到急診部的候床病人滿溢到大廳。

呻吟的、昏睡的、默默滑手機的，這些病人跟我一樣有個漫長的夜。不同的是，我的值班隔天就結束，他們的等待卻遙遙無期。

樓上病房永遠都住滿了人；急診的同仁焦頭爛額，仍無法消化早已超出負荷的留觀以及候床患者。

一位候床的病人突然吐了；另一位正忍受著疼痛，喊叫聲迴盪在暗色長廊。

我不禁把頭別過，專心注視電梯門口上方發亮的樓層數字。

這是誰的錯？

我曾聽過急診的同事，與樓上的醫師相互指責。
「住院科別為什麼不更積極地把急診候床病人收上去？你們明明就還有空床，是要留著給VIP嗎？」
「有些空床是要留給預定明天住院進來做手術、檢查的病人的。」
「聽起來又不急。我急診有些病人都已經快要死掉了哪！」
「可是那些預計要入院的病人，也是從門診等了很久才等到這張床的。現在破壞規矩，那是不是以後急診的病人都可以要求插隊？」
急診認為住院科別收床不力；住院科別同時面臨門診、急診的夾殺，難以兩全。但，若強行規定急診病人擁有優先住院權，可想見的是門診醫生會告訴苦等不到病床的門診患者「那你就去急診等床」，反而使急診人更多。
因此，問題不該停留在急診與住院科別間的角力。而是來看病的患者，數目早已超過臺大這個醫療院所可以承受的量。

分級醫療推了好久。為什麼醫學中心還是壅塞？急診還是過勞？

這些人非來臺大醫院不可？他們不能照衛福部建議的：有病先至家庭醫師或附近診所就醫，經專業診療後，如真有需要，再轉診至後線醫療院所嗎？

「對不起，我真的不是故意要來掛急診的。」

點開電子病歷。眼前這位看似單純腹痛的病人，其實是名癌症患者。他過去十年的就醫紀錄都在臺大，包括之前長過什麼罕見的細菌，癌症治療的進度如何。這樣的病人真的適合去外院嗎？有多少臺大的醫師，叫已經在外院追蹤的病人改回來自己的門診追蹤。不是懷疑其他醫院的醫術，是因為放不下。

衛福部自二〇一八年起推行大醫院門診減量，但民眾仍前仆後繼。有人提議，不如以價制量。

「窮人就沒有生病的權利嗎？」

「醫學中心死要錢！」

「臺大沒醫德！」

弔詭的是，院方從未鼓勵醫師不要收輕症患者。原因無非醫學中心的收入，絕大部分來自輕症。就院方高層的角度來看，盈利為最高目標。目前無任何實質的誘因鼓勵大家把輕症患者引導至基層醫療單位。更何況，「輕症」、「重症」，並沒有明確的定義。

前陣子，臺大醫院掛號費終於悄悄地漲了。但我依舊在無數個夜晚，穿過被急診病人占據的大廳。

有人好奇，急診醫師何不鼓吹病人轉院？

我曾遇過不只一次，張皇失措的病人與家屬，好不容易抵達臺大急診。經醫師及護理師好多歹說，仍拒絕轉院。

「他們寧願死在臺大的走廊。我們怎麼講都沒用，只得請家屬簽字。」

電梯遲遲不來。我放棄了，推開沉重的安全門，拾級而上。

醫療分級的困境不是在醫院層級能夠解決的。它是國家層級的制度問題，且牽涉複雜的人性。只要民眾觀念依舊，政策立意再良善，都難以強推、貫徹實行。

製皂 SOP

「每月每病房需提供第一線照護之病歷以供抽審
住院醫師：至少十本
實習醫學生：至少五本
若無法提供要求本數，請主動告知病歷審查組以供備查
若無正當理由，且未於期限內補齊者，將提報上級，據此
於年度考核病歷總成績扣分」

早上九點開始，教授就在兩個診間來回奔走，滴水未沾，滴尿未解。

隔壁診間的前滑門被「唰——」地一聲拉開，教授向眼前的病人拋出一句：「剩下的我們住院醫師會跟你解釋。」遂拉開後

滑門，沿著後方彼此相連的通道，閃身進入隔壁診間。

我把握這短暫空檔，把教授剛剛隨手key入電腦的零散字詞，整理成被評鑑認可的，SOAP格式。

S，subjective。病人之主觀敘述，指症狀及病人表示之問題。

「你再說一次你哪裡不舒服？」我問。

「我沒有說我不舒服啊，我只是來找教授開刀。」病人說。

O，objective，醫療人員的客觀發現，包括身體檢查及檢驗檢查之結果。

「我幫你排抽血單，然後再排檢查……」我說。

「已經知道有腫瘤，醫生也說要開了，是要做什麼檢查？」病人問。

A，assessment，醫療人員根據S及O做的判斷。

「肝臟腫瘤，無法排除原生或轉移，須更進一步確定」

P，plan，對病人之處置，包括進一步的檢查以及各項治療。

手指在鍵盤上飛快起落如跳石過河。SOAP這項模板，供我套入所有臨床情境。患者此時此刻，不是擁有複雜境遇與感受的人，只是潛在疾病的宿主。我的目標是覓得某種或多種疾病。找不到，就把他們請出診間；找到了，就把他們送上手術檯。

這些病人不知道的是，他們辛辛苦苦搶到了號，從全臺灣各地上來，以為終於能被教授好好處理體內的病灶，但之中有一半以上的刀，都是由住院醫師開掉的。

教授不僅看診開兩個房間，連手術也開雙線。兩個住院醫師，各自在與手術檯上被開腸剖肚的病人搏鬥。教授就在兩個房間來回逡巡。或者說，我以為他在兩個房間來回逡巡。

我參與的某次手術，學長劃破一條動脈，血液立刻湧進腹腔。刀助和我瘋狂地用抽吸器跟紗布清理，好讓學長能挑出破掉的血管，打結。但才被吸乾的區域，下一秒又瞬間被鮮紅填滿。「教授呢！」學長喊道。輸血的血袋都來了，教授人還沒來。過了好長一段時間，最後病人情況終於穩定下來。我卻好幾次從惡夢驚醒，鮮紅的血一直冒，淹出了腹腔。

每天傍晚，我移動到病房，病房的照明不像門診區在晚上七點強制斷電。抓張椅子，揀一臺閒置的電腦，我用教授的帳密登入，瀏覽未完成病歷清單。不是不曾有過心一橫，想說算了，先回去睡覺，等明天再補的念頭。但如果逾期，扣的是教授的薪水。

教授每診少則八十，多則破百位病人。就算開兩個診間齊頭並進，他也得一路從早上九點看到下午兩點。我時常滑鼠還沒點完，後滑門便響起敲門聲，隔壁診間的護理師探頭進來：教授叫我趕快過去。但往往，我還來不及打完病歷、做完病情解釋，又被喚回原本的診間接手。

病歷是能交由另一個人書寫的嗎？教授離開診間前，只會留下破碎的單字與片語。我卻得想辦法將它們擴寫成完整的句子甚至段落。有時敲破了頭，我也想不起病人的腫瘤是在左邊還是右邊。

病歷的最小組成單位是ＳＯＡＰ，就如同細胞之於人體。循ＳＯＡＰ，我們能保持在一定距離外，客觀分析臨床症狀，決定病人該接受何種治療，並預期他將如其他許多接受此治療策略的患者般痊癒。

不容為套版所納入的，是病人的心情。當我們好好聽一個病人訴苦，就會有其他候診的病人抗議。如果我們好好聽每一個病人訴苦，那就會變成醫生沒有時間吃飯、上廁所、休息。

接過投訴信，病人說，花了比診所貴三倍的掛號費，到醫學中心，等了一個上午，結果只見到醫生三分鐘。這三分鐘裡，醫生花在看電腦螢幕的時間比看我的臉還多。

病人不高興，代表我是一個不好的醫生嗎？我所執行的一切與醫療相關的行為，有多少能被客觀評核？

醫院熱衷參與並致力於通過評鑑。通過國際認可的評鑑，比收到雪花般飛來的病人感謝函更值得在網站首頁大書特書。但評鑑注重什麼，病人的康復率？醫學中心向來收治困難的重症，跟其他中小型醫院沒有條件照顧的病人。康復率低，不見得是醫學中心醫療品質不佳。評鑑委員也心知肚明。

SOAP，才是評鑑的重點之重。

翻開病歷書寫參考指引，裡頭寫道：

「病歷紀錄對於醫療品質提升，與其他團隊人員的溝通扮演重要角色。」

「病歷紀錄可以將整個服務內容以及治療成效呈現出來。」

好不容易通過了專科考試，我從住院醫師，變成主治醫師。再也不用跟教授的診，幫他完成來不及完成的門診病歷；再也不用冠學習之名，幫教授開刀，績效卻掛在教授底下。我從零開始累積自己的聲望，重新落到食物鏈底層往上攀爬。院內的行政雜務，由最資淺的主治醫師負責。我被指定成為自己以前最感冒的病歷審查委員，在沒有窗戶的空調房內，俯身批改小從見習醫師，大至醫界泰斗都需遞交的作業。

一個患者從發病、接受治療，到出院，就至少製造了十幾種，幾十份病歷。這些不能被公開批露的，地上數十層、溯往數十年，巨大的隱私，都積壓在地下一樓的這個小房間。從初診留下的「門診紀錄」，到醫師評估後認為需要住院，新增的「入院紀錄」（入院紀錄裡還包括入院病史收集、體格檢查、實驗室及影像檢查、初步診斷、審閱者簽名、修改等細項）；住院期間每天撰寫的「病程紀錄」；每週上班日的最後一日需留下「每週摘記」；若病人住院期間有接受手術或被放置侵入性導管，遂有「處置及手術紀錄」；若病人一開始由內科收入院，卻併發神經系統問題，住院期間請神經科醫師來檢查，還會添上「會診紀錄」；負責照顧的醫療人員若更迭，交接時需補齊「卸任交班紀錄」與「接班紀錄」；最後病人康復，順利出院了，記得於三日內完成「出院紀錄」、「出院計畫單」，跟「診斷書」。我的任務，就是挑出這間醫院各個部門裡的某個人，漏寫了上頭的哪一份，跟藏在病歷裡的諸多小瑕疵。

病歷寫作力求客觀簡約，內容大多記載病人何時何刻用了什麼藥物以及劑量多寡、接受了什麼手術以及術式為何、某種治療策略因何種原因於何時失效而又在何時間點更換、突發狀況及應變處置、何時出院，或死亡。不帶形容詞的剛性敘述，對照自己漸長的臨床經驗，看久了竟也像閱讀連載小說。

連載小說的可讀性高低，不在評核範圍內。一位稱職的病歷審查委員，更應該在乎的，是住院醫師撰寫的病歷，主治醫師有無指正或簽名；手寫塗改之處有無蓋章；使用的英文縮寫，是否為醫院核准表所許可。治療目標錯誤甚至前後矛盾，文句通順與否，這些太難量化。評鑑著重的更像是可以立即在方框格子內打勾消去的。其餘的，有字就好。

一切都建構在SOAP之上。SOAP，肥皂。撰寫病歷的過程也像製作肥皂。濃稠如油脂，病人之主訴最忌照單全收，需先過濾雜質。待橙黃油光瀉入容器，傾倒強鹼，拌勻，冷卻，灌注模具，最後凝結成一塊一塊，等待堆疊上架。若成品形狀、顏色怪異，我便揪出製皂者，扣薪以逞威風。

病歷寫作認真的醫師，是一個好醫師嗎？醫院每一季固定表揚病歷優良名單，與病歷逾期率最低的醫師。我看到臺上那些領獎的同仁，拍著手，心裡由衷感到羨慕，他們的執業生涯或許比其他人更充滿餘裕。

十幾年前，我剛成為見習醫生，第一站到內科。對於照顧病人完全陌生的我，不曉得怎麼樣的寫法才符合師長眼中合格的病歷。

當時我被指派照顧一位老婦人，已忘了她的診斷。但第一年的見習醫師本就不被期待作出正確診斷跟擬定治療方針。我們的任務常常是陪病人與家屬聊天。

記得當時的我大約是這麼撰寫那位老婦人的入院紀錄的：

發病的老婦人，現年六十三歲，過去病史不明。她原本是一個大家庭裡的家庭主婦，每天要張羅十幾個人的三餐。家裡有張大圓桌，用餐時刻大家總環繞著圓桌用餐。後來，老的走了，兒女離巢，最後連伴侶也過世。家中徒剩她一人。她仍每日出門買菜，燒一大桌的菜。不同的是，再也沒有人同她共食。直到有一天，年節回家探望的親戚發現這些菜，被堆放在圓桌上層層擠壓，冷卻，發臭。這才強迫她來就醫。

指導我的學長看了，沒說什麼。隔天，我發現自己的描述被刪得一乾二淨，只留下經SOAP簡化的主訴、診斷，與治療策略。

有些東西不適合被收錄在病歷裡。我看了幾回學長姐們寫的範本，便紅著臉明白了。許多年以後，我有了自己的門診，面對病人一個個欲言又止的眼神，家屬話才起頭卻立即被護理師斬斷的瞬間，我同樣選擇擺擺手請他們離開，讓下一個攜帶症狀與問題的病人，快步踱進診間，讓我循標準化流程，繕打O，擬定A，並達成P。我知道，絕大多數病人都懷有還來不及說出口的焦慮、掙扎與迷惘。但那些，SOAP都沒有多餘的空間可以容納了。

小陽

三歲的新個案小陽，上不到一個月的課，職能治療師就跑來找我。

「醫師，想跟你提一下，小陽媽媽怪怪的。」

「怎麼說？」

「上次治療，我們請媽媽一同上課，教她親子共讀。她說，可不可以不要選故事裡有爸爸的童書。問她為什麼，她說，不希望讓孩子覺得完整的家一定要有個爸爸。我們回：『小陽就算不從書裡學，也終究會知道其他小朋友是由爸爸跟媽媽一起照顧。』他媽媽聽了就不講話。」

「好，我下次問問。」我說。

我對小陽媽媽有印象。大部分家長帶孩子來診間，劈頭總抱怨：「她怎麼教都教不會」；「我叫他坐好但他都靜不下來」；甚至有媽媽直接壓住小孩的頭，說：「你自己跟醫生叔叔講啊，說你哪裡不乖。」

初診時，小陽媽媽直接遞上醫院開立的「發展遲緩」診斷書，說想排課。其他都不想透露。

「您跟先生離婚了嗎？」幾天後，她帶小陽回診。我讓孩子先去找治療師，單刀直入地問。

沒有。他有爸爸。小陽媽媽回答。我語塞。

「那為什麼……」

「我之後想要自己照顧這個孩子。我不想再跟我先生有任何交集。」

「但妳說你們還沒離婚。」

「還在談，但監護權沒有共識。我先把小陽帶離開家了。」

「這樣做可以嗎？擅自把小陽帶離他熟悉的環境，不讓他跟爸爸相處。」

「這是不得已的。我希望能跟我先生完全切割，也不想再讓他探視小孩。小孩總會習慣新環境。醫師，我跟你說這些，是因為我們現在已經搬到不同縣市，但如果以後，有人來診所問小陽是不是在這裡上課，上課時間是什麼，請你不要回答。」

「基於病人隱私，我是不會回答。但你有想過小陽的想法嗎？」我問。

「想法是可以被改變的。」他媽媽說。我想起童書，裡面再也沒有爸爸。

我不知道小陽爸爸是個怎麼樣的人，或者其實他媽媽才更不適任。但每天看到不同的家庭，帶著同樣不會講句子，交談眼睛不看人的孩子，坐在黑圓椅上。一開始我感到憤怒、可惜，想一把接過陶土，重新揉出順眼的形狀。但現在我同意小陽媽媽說的，想法是可以被改變的。對於他們還願意出現在這裡，帶孩子來上課，是否我已該心存感激？

一份困難開立的診斷書

病人坐著輪椅，由女兒推進診間。她父親在我們這兒做復健兩個月了，配合度一直相當好。

「醫師，可以麻煩您，幫我爸爸開個診斷書嗎？」女兒如一貫客氣。

「打算做什麼用的？」

「我們之後想替爸爸排養護機構，但大部分的機構都要求打過新冠疫苗。我們覺得爸爸可能不是那麼適合打疫苗，所以才想請醫師您開個證明……」女兒回答。

「怎麼會覺得爸爸不適合打疫苗呢？」

「爸爸已經七十幾歲了，幾個月前剛中風，心臟也不好。我怕他承受不了疫苗的副作用。」

「像您父親這樣的病人，如果得到新冠肺炎，是死亡率最高的一群。也是最需要疫苗保護的一群。」我說。

「但我看新聞說有老人家打了疫苗之後猝死、血栓。我爸爸當初中風就是因為血栓塞住腦部的血管。我們真的很害怕……」

我相當為難。開立診斷書，說這位病人不適合注射新冠疫苗，大大違背我的專業。但斷然拒絕，則可能搞砸醫病關係。這位病人雖然年紀大，但復健動機高，目前仍在中風後的黃金恢復期，如果因此不來復健了，非常可惜。

從家屬的角度不難理解：真正染上新冠肺炎之前，老年人的高死亡率跟併發症都只是數字與聽說。可是注射導致的疼痛、別人將我不認識的藥物送進我體內，跟有人做了這件事之後產生血栓甚至死掉的恐懼，卻距離非常近。伸出手臂，挽起袖口就能感覺得到。

我常覺得弔詭。醫師這項職業的存在，是建構於醫師與病患之間巨大的知識不對等。但也正因這樣的不對等，導致許多的不諒解，跟衛教挫敗感。

針對因果關係的臆測，都需要在嚴謹的實驗框架下長期追蹤才能證實。一般民眾普遍認同醫學是具備高度專業的學科，但如果碰上逆耳說詞，就會變成聽得進去的科學，才叫科學。人常會試著幫自身病痛安上一個解釋，但推敲出的解釋，是否合乎病生理學，則時常未必。許多人想法確立後，就不願採納他人的話，畢竟「沒有人比我更了解我的身體」。

疫苗不過再次印證了這套思路。人們忽略過去幾十年的生活習慣，如飲食、運動、抽菸飲酒，對身體可能造成的影響。卻對一個首次嘗試的醫療介入，投以不相稱的巨大關注。疫苗實驗中，有人接受生理食鹽水注射，但以為自己打的是疫苗。接下來數個月，他們得了五十肩，或頸神經壓迫，堅信那都是「疫苗」帶給他們的副作用。

但醫師又該多積極說服病人接受疫苗？距離新冠肺炎爆發僅不滿三年，科學家仍在持續觀察疫苗的影響。有太多我們不懂的東西。偏偏家屬圖的常常是一句：醫生你確定我爸爸打了之後，絕對不會有事嗎？風險以白紙黑字形貌出現在同意書可以接受，但如果出現在自己身上就絕對無法接受。也許道破唇舌，能讓原本堅決不讓爸爸注射的家屬勉強點頭，但醫師是否該承擔這樣的心理壓力？

陷入診間的椅背沉思良久，我最終鍵入了這樣的字句：病人為近期腦梗塞患者，具有多重共病。施打新冠肺炎疫苗前，建議審慎評估風險。病人的女兒看了看診斷書，點點頭。我目送她推著父親離開診間，體會到，看病與其說是灌輸專業，不如說是一個取得雙方都未必最滿意，但都可以接受的平衡的過程。

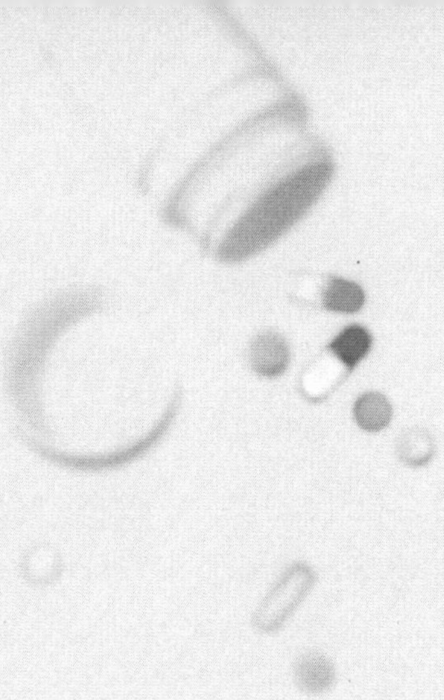

為了披上白袍

吊扇

軸心倒掛在天花板上，末端放射出深咖啡、扁平的木製扇葉。吊扇一路跟隨我從小學到成年，像難以擺脫的綽號。

高中的教室有四架吊扇，其中一架運轉時會發出喀喀喀的怪聲，考試時，大家安靜作答，怪聲顯得特別明顯。撐到下課，喧嘩聲蓋過噪音。大家便假裝噪音不在那兒。

夏天近了。耐不住熱的和耐不住噪音的分成兩個陣營，爭奪吊扇的開關主導權。每到午休，飯後的喧囂沉澱在被汗濡溼的臂彎之間。喀喀喀的聲響一起，揭櫫只有腳步聲的攻防。為了維持和氣，雙方都會先按兵不動。但終會有耐不住噪音的離開座位去把吊扇關掉。吊扇的電路設計欠周全，要開要關總是四個一起。一關掉，凝滯的暑溽加上高中男生集體的汗臭，引發耐不住熱的代表起身把吊扇打開。喀喀喀的怪聲響起，有人開始在座位上扭動身軀。不久，吊扇的聲響又熄滅了。幾個月過去，雙方每天這樣來回交火，沒有人通報修繕室。

吊扇除了排熱，還有人開發了創意用途。班上遭排擠的，鉛筆盒內事物被通通傾倒出來，放上扇葉。按下開關，橡皮擦、直尺、鉛筆、美工刀連同灰塵拋射落地，那人漲紅了臉，沿著一排排走道在桌上、椅下，撿拾散落的文具。我跟著其他人一起哄堂大笑，內心害怕極了。有次，一個同學將硬書皮的厚講義也放上扇葉，書本掉落下來砸到下面的人，鮮血流了出來，這樣的風氣才止息。

吊扇也跟坐在底下的我們一樣做不了主。只要有人按下開關，就得拚命旋轉，無論你想不想，無論是否已鬆動、疲勞，發出釋放求救訊號的噪音。

或許有天，我會將從早自習到第八節課的所有考卷，收集起來，分批疊放在教室裡的所有扇葉。按下開關，調成最大轉速。

漫天飛舞的白紙就會伴隨被抖落的灰塵，把這個教室，連同我們通通覆蓋，通通覆蓋。

偶像

已經很久了，我不斷想告訴你。那個長久以來，被我視為偶像的你。

過去的我總是以忽略來欺騙自己。假裝看不見你我之間的巨大差異。

但颳過湖面的風變得越來越狂亂，漣漪變成一道道巨大的波浪。我不得不向你坦白，以免自己在浪潮不間歇地拍打下，分崩離析。

在許多躁熱無風，或者雨如積怨似下個不停的夜晚，我獨自坐在桌前，想像有一天我將證明自己。你永遠不會知道，我為了追上你，有多麼努力。

但你不會在乎的。就像現在，你同其他無數的日子一樣埋首書堆。什麼才有榮幸引起你的注意？

你在諦聽嗎？為什麼不言不語？

直到最近，我才緩下腳步。想想到底自己為什麼，死心塌地追隨你。

或許正是因為你太完美，完美到旁人都不敢質疑。我只能亦步亦趨，怕一慢下來，就要跟丟你的足跡。一抬頭，才發現四周早已變成不認識的風景。

多年來大大小小的事件如雷射光束，在我腦海的空白光碟，燒灼出深淺不一的溝槽紋理。偶爾，我將它們播放出來，千百種旋律有的讓我聽了忍不住跟著哼唱，有的則讓我立馬想將碟片折碎處理。

我於資料庫搜尋你的片段，試圖用最原始的情緒反應，去判定你帶給我的，是快樂還是悲戚。竟意外發現，你那獨特而完美的形象，就像作曲家安排用以貫穿作品的主題旋律，即使不斷移調、變化，卻每過一段時間，就在下個樂句現形。是誰創作出這首曲目？你定義了每一處低谷與高潮。你無所不在。

我這才醒悟我是任人擺佈。這一切已超出我能控制的範圍。追尋你早被註定。你的形象在我開始認識、衝撞這個世界前就被揉捏完整。我被安排透過模仿你，來捏造我自己。

往前，再往前一步。堅持，再堅持下去。你的輪廓在師長的獎勵與責罵中日漸清晰。愛的小手時時提醒，今天我是否足夠像你。我一心想變成你。或者，我認為我一心想變成你。因為我也不知道，除了成為你，我還能是怎樣的自己。

一疊疊參考書，壓住心底的懷疑。大家都已熟睡的夜晚，我像乘坐小小救生艇，浮盪在墨色海域。暫時沒有生命危險，但隨時有可能翻覆。好想大聲尖叫，但沒有人會來拯救。你像倒映在黑黝黝海面的月亮，看起來好圓，好完整。但至始至終，就只是個完美的幻影。一個巴掌拍打水面，就成千萬銀白碎片。

不想再成為你了。我告訴自己，也向你宣示。「那你想成為怎麼樣的自己？」，你張嘴大笑，不愧是我最害怕的問題。跟隨你，我嘴巴上說辛苦但心裡安定。不再緊跟你的背影，我喘了一口氣，但立刻就迷失路徑。

好吧，只好下定決心追上你。追上你，我就會成為你。只有成為你，我才會停止懷疑。我如此說服自己。你看著我，依舊不發一語，彷彿早已洞悉結局。

想飛

升高三的暑假，為了讓申請醫學系的履歷好看一點，我到醫院詢問是否有志工可做。

但已經晚了一步。需要幫，又不需要專業知識的忙，譬如推床、在手圈上貼空白個資貼紙等，已經全數被占滿了。

「那你就來陪我們2-1床的小病人好了。」護理長說。

小病人，其實是一個年紀跟我相仿的高中男生。主治醫生每天帶著一群見實習醫學生來查房，在我們面前討論他的病況。

「但我也都聽不懂，只知道如果等不到跟我條件match的人捐骨髓幹細胞，我就會死。」他說。

「那你害怕嗎？」我問。

「還好。可能要等到我真的快死的時候才會開始怕吧。」

他說。

他是在高二第一個學期發病的。當時以為是課業壓力大。但一開始只是疲倦，後來卻開始發燒，全身關節痠痛。

「我有時候覺得，就算治好了出去，我的朋友也都畢業了。」他說。

「還好吧，你可以認識下一屆的人耶，這樣你就有兩倍的朋友了。」我說。

「你以後想讀什麼系？」他問。

「醫學啊，所以我才來這裡當志工。」我回。

「我就知道。誰會沒事來浪費時間跟我講垃圾話。」他說。「當醫生，那你以後不就要每天看我這種人，每天聽一大堆抱怨？」他捶我肩膀。「心情會變差喔。」

「還好吧，」我說。「跟你聊天比在護理站把不同顏色的紙用迴紋針別成一疊有趣。」他斜眼看著我，表情在說，哎，你真的什麼都不懂。

「那你呢？你如果好了，會想要讀什麼系？」我問。

「干你屁事。」他說。

「你應該申請醫學系啊，然後在面試的時候講：我得了嚴重的病，多虧醫生幫我治好了。所以我立志從醫，治好跟我有同樣疾病的人。這樣比其他一堆說自己阿公阿嬤生病的要有說服力太多了耶。」我說。

「那也要醫生真的把我治好才行啊。」他回。

過了週末，我同樣來病房報到。卻發現他的床是空的。

「他打完化療之後併發肺炎，轉去加護病房了。」護理長說。「之後就算轉回來，你也不用來看他了，怕招染病毒。」

我猶豫著要不要繞去看看。循著迷宮一般的通道，抵達後才發現加護病房有嚴格的陪病限制。就這樣，我們沒有機會跟對方說一聲再見。

暑假過了，我展開緊鑼密鼓的備戰，很快忘了考試以外的事。一直到隔年夏天，參加指考。我翻開作文考卷，題目是「想飛」。我想起一年前的暑假，將自己化身成躺在病床上的他，身陷囹圄。後來得到的分數並不高。閱卷老師看我，就像面試官看到宣稱自己阿公阿嬤重病的高中生吧。

但我還是會偶爾想起，想像他坐在一排身穿白袍的面試官前，說：「我今天坐在這裡，因為我曾生了一場嚴重的病。現在我好了，我希望以後可以治好跟我一樣生病的人。」

大家聽了都笑了，他們知道那不會是真的。

空心

雲翳迅速遮蔽了半邊的天空，刺眼的陽光被胖胖的雲層包圍，好像膨鬆的糕餅裡頭一坨黃黃的餡兒。

男孩原本沒意識到已經下雨了，直到在十字路口等紅綠燈時，看見車頭燈射出的光束中有透明的絲線，這才趕緊脫下外套，一股腦兒塞進前方的車籃中。但是才騎了一小段，男孩又覺得不對勁，便在路旁停下車，拿出籃子裡頭那包裝精巧的事物，用外套仔細地包好，確定它不會被雨淋溼後，這才踩上踏板，繼續朝目的地前進。

男孩原本不確定自己是否該交女朋友的，但是看到昔日的死黨現在一個個都出雙入對，心裡倒也跟著焦慮起來。再加上學長不斷鼓吹說以後年級越高功課越重，想玩就只能趁現在，惹得他是又緊張又害怕。

「可是我現在連喜歡的對象也沒有啊！」男孩問道。

「那有什麼，你沒看學校裡漂亮的女生那麼多，隨便找一個看對眼的，追就是啦！」同學拍了一下男孩的頭，繼續說道：「而且，你不是沒有經驗嗎，遲早要跨出第一步的啦——莫非你希望你的第一個女朋友就是你以後的老婆？」

單車輾過一灘積水，濺起好大一聲嘩啦。雨勢越來越強，斗大的水滴弄的男孩的鏡片一片模糊，逼得他只得先拔下眼鏡扔入前方的車籃。頂著一雙近視眼，男孩在一片渾沌的迷霧中瘋狂踩踏前進。

男孩坐在教室後方，看著座位前兩排的一個女孩子。其實她也很不錯呢！男孩想，雖然他只在歷史課上看過她兩次。長長的頭髮配上大大的眼睛，和白裡透紅的肌膚——可這都比不上那凹凸有致的身材。你真該見見她走路，任誰都會轉頭多看兩眼。

男孩把腳踏車停在新生大樓前的榕樹下，一面喘氣，一面用襯衫下襬抹乾附在錶面上的水珠，上頭顯示離下課還有六十秒。鎖上腳踏車，男孩整個人靠在一旁的欄杆上不斷地吸氣、吐氣、吸氣、吐氣，一面順手拿起被細心包裹的盒子審視一番後，用外套包好，再小心地放回車籃。才過一會兒，男孩又不放心地拿出那包東西，打開外套，盒底盒面左邊右邊都仔細端詳過後，這才又再次包好，小心地放回籃子裡。

男孩想要證明：自己就算沒有交過女朋友，「但若真要比把妹技術，我可不會輸人！」由於歷史是他和那位女孩子唯一共同修習的科目，男孩慎重其事地在上一個週末就跑到學校附近的店家訂做了一只銀飾，並毅然翹掉這堂歷史課跑去取貨，準備給下課走出教室的她一個驚喜。

鐘聲悠悠地穿過織滿水網的氛圍，教室內突然傳出雜沓的人聲，只見一大群一大群的人自教室兩側蜂湧而出，階梯前的腳踏車停放處頓時開滿五顏六色的花朵。男孩將車籃中的飾品盒子連同外套一齊緊緊抱在胸口，穿梭在人傘交錯的海，試圖尋覓那熟悉的身影。終於，他找到了：那撐著一把粉紅雨傘的背影，長長的秀髮啊，白皙的後頸，和婀娜多姿的身段——男孩急忙衝向前去，在距離女孩不到一公尺的地方倏地收住腳步，鼓起他畢生最大的勇氣，伸出右手，輕輕地，拍了拍那女孩的肩頭。

綿密而無聲的雨瞬間發出嘩啦嘩啦的巨響。

女孩不用開口詢問，看男孩的表情就知道他找錯人了。女孩轉身離開後，男孩依舊呆立在原處，任雨水流過額頭、眉心，和那雙肇事的近視眼。沒錯，我是認錯人了，男孩想。可是，那女孩不也一樣，有長長的頭髮，大大的眼睛，白白的皮膚和曼妙的身材嗎？

男孩抬起頭，試圖再眺望一次女孩漸行漸遠的身影。只是，他驚訝地發現：在隱入人群之後，他再也分辨不出，那個女孩和其他，和她與他自己身邊那千千萬萬人之間，存在什麼不同了。

神隱少女

第一次看宮崎駿的電影《神隱少女》，我對片尾曲沒有留下特別印象。直到後來聽鋼琴演奏版，去掉人聲，音符像潺潺流水流過，清涼透明。從此，我希望自己也能彈奏這首曲子。想像旋律從指縫中流瀉，旁人感受不到，只有用指尖胡亂敲擊桌面的我才曉得。可惜我根本不會彈琴。一切理應停留在夢想階段。直到遇見了她。

我把檔案透過網路傳送過去。她聽了說還不錯，告訴我，其實這首不會很難，是什麼調云云。

「真的嗎？」我回覆。「可是我沒學過，連Do按哪個鍵都不知道。」

「沒關係，我可以教你啊！相信我，只要十分鐘就學會了！」

「十分鐘？有這麼快嗎？」

首次觸鍵的經驗就像開啟學琴旅程的契機令人難忘。我在光滑琴鍵點出中央Do。一直以為只有在別人手上才能創造的神奇，現在竟然出自自己的指尖。她一定不能理解我反應為何如此劇烈——僅僅是按了一個鍵嘛。

但觸鍵其實蘊含高妙學問。鑽研越多，就越能體會：能對一首樂曲做出的詮釋遠超過把音彈對本身。或許基於一首單純的《神隱少女》我將不斷探尋那無窮奧祕，可我不曾忘記它帶給我的最初感動。已經開始練習正規的曲目，我還是會偷偷於琴鍵上敲下，自己聽了無數次後，揣摩出的右手主旋律：Fa So La Fa Do……。

但我一直沒辦法彈奏它完整的版本。從初學教材本的第一頁開始，到現在過了幾個月，我的程度依舊淺薄。我妄自猜想：只要有譜，說不定，說不定我可以試著彈《神隱少女》的片尾曲。

這樣的念頭一產生，反倒焦慮大於興奮：怎麼當初遙不可及的夢想，好像就在眼前了？

據說只彈流行音樂有礙古典樂曲的修習，我繼續打磨指定教材，哈農（Charles-Louis Hanon）、徹爾尼（Carl Czerny）、布爾格彌勒（Johann Friedrich Franz Burgmüller），思考該如何把它們表達得更完善更富表情。完成一首《神隱少女》的夢想似乎不再顯得重要。但我懷疑自己在逃避，逃避完成當初看來巨大無比的目標後，頓失動機與氣力的恐懼。

四個月了，好久以前就摸索出來的《神隱少女》，依舊停留在不能更熟悉的Fa So La Fa Do。

她每個禮拜五固定向老師學琴，這回我厚著臉皮一齊前往，從她的老師那兒得到不少私自練習很難領會的訣竅。晚上下課後，空間的大燈熄滅。只剩我和她，與那架平臺鋼琴。我內心隨弦線不停顫抖。寥寥幾個月前，看琴鍵只不過是排黑白相間的格子；現在，自己也能讓樂音在手指起落間蹦彈而生。

突然想迎接闊別已久的《神隱少女》。熟悉又陌生的旋律於指尖與琴鍵摩娑下發響，雖然只有開頭幾個音。她在學校琴房第一次教我觸鍵的倒影。背脊打直、用指尖緊緊抓好每一個琴鍵。明亮的午後，陽光穿透灰濛濛百葉窗，毛絨絨地毯刷過一道道金黃，長方形，空氣中有無數發亮的小塵埃興奮顫動。

「幫你配左手。」她笑著在一旁坐下。沒想到竟然能在教堂用這麼好的琴，彈這首別富意義的曲子。即使自己只提供破碎的旋律，配上她賦予的和弦，我的夢想在這個晚上就暫時完整了。過去我的生活，也是單線的主旋律，雖然有高低，但一直缺乏和聲。我在找尋誰？

清澈的黑色烤漆靜靜映照出兩隻手的倒影，我的右手和她的左手。當最後一個音也融入黑暗的沉默，她的頭輕輕靠在我的肩上時，答案已昭然若揭。

錯過

我在十幾歲時，談了第一場戀愛。現在回想起來，當時的自己，幼稚又不知天高地厚。說了很多不得體的話，犯了很多的錯，讓兩個人都流了不少眼淚。

現在年屆而立，身邊還有些朋友沒談過戀愛。我不禁想，待他們也遇到自己喜歡的人，墜入愛河之後，還會重蹈我十幾歲的覆轍，抑或是能以三十歲的成熟來回應愛情裡潛藏的嫉妒、占有與懷疑呢？

還是說，人在愛情中成長的軌跡是固定的。無論十四歲，還是四十歲，只要陷入愛，都必須重新學習付出、接受挫折，並且承擔痛苦，試著療癒自我呢？

我和初戀女友聊過這個話題。她覺得，許多人都因不成熟造成的傷痛而成長。等到他們遇到下一位喜歡的人的時候，就更懂得珍惜對方，也不會再像以前那麼幼稚。但很可惜，享受到成熟的另一半的，就不是當初帶給他們成長的那一位了。

我問，那如果初戀就能夠好好溝通，不要輕易放手，不就兩個人都能夠幫助對方成長且也都能一起了嗎？

初戀女友說，對。但這也要兩個人都願意努力。而且很多時候，如果不伴隨巨大的傷痛，譬如分手，成長是不會到來的。

於是好多人成為成就他人的人，而人生就充滿這種錯過的無奈。

說謊的事

寫東西對我來說，曾經是很有效的自我療癒。有時候遭遇某件事，或者也沒遭遇什麼大事，只是經過一段時間，心裡產生了一些灰撲撲、毛球般的想法，我便習慣打開一份空白的word檔，想到什麼就把什麼拋灑紙上。一眼望去零零碎碎，有的長，有的只有一句，段落之間沒什麼關連。這對我說才算是真正寫東西。有時候寫一寫，腦袋裡雜亂無章的線條，就逐漸有了清楚的頭跟尾。所以所謂療癒，其實就是透過寫東西讓我整理我自己。

後來開始在網路上寫及投稿。我發現同樣為文，自我療癒的效力卻大大下降了。因為我還有自尊，還想保有隱私，也怕不小心傷到別人，所以寫東西的時候，只要預設可能會有第二個人看到，我就再也無法誠實面對自己。不誠實面對自己的結果，常常就是腦中的線條理不清，寫再多或許都只是在騙自己（或別人）罷了。

發言的恐懼

學生時期的我，直言不諱。畢業後，踏入職場，我卻變得越來越不敢談自己想法。

一來，別人不一定對我講的感興趣。寫篇東西貼在網路也就算了，沒興趣的大可滑過不看；現實生活中，一開口，彷彿就向對方拋出落地就要粉碎的玻璃球，強迫其伸手接住。人家再想掉頭就走，也得盡最小社交禮儀之義務，微笑頷首。

二來，自己看別人，常覺得別人的想法有誤、帶偏頗、或旨在評論他人過失，但自己也犯了相同錯誤而不自知。誰是完美的呢？我自己有許多缺點，其中必定包含別人眼裡看得清清楚楚，但我自己不曉得的。於是，當我偶爾想在網路上，在生活中分享一些個人雜感時，這樣的念頭總會不斷浮現：別人也用我審視他人的銳利眼光審視著我。於是我漸漸就少講了，因為不想落人口實。

但，如果人人都戒慎恐懼，不表達心中真正的立場，以曖昧的言語包裝，是否只會將衝突延後，甚至累積成更大的衝突？又，沒有了來自他人的反饋，我們又該如何變成一個更好的人？越活越退縮的我，心底暗自希望有朝一日能夠重拾，即使知道自己想法有闕漏，可能遭受攻訐，仍願意開口的勇氣與決心。

幸福是什麼

在定義幸福之前，我想先定義兩個名詞：外部價值與內部價值。

如果我們做一件事，不是享受該事情本身，而是享受該事情附加的效果，那這件事對我們就有外部價值；反之，如果我們享受的是該事情本身，那這件事對我們就存在內部價值。舉例來說，某人討厭運動，因為運動完全身會黏答答的，很不舒服。但是某人在跑步機上辛苦地跑著時，心裡想的是：自己會變瘦。所以運動這件事對他來說存在外部價值。相反地，某人鋼琴彈得並不非常好，但是當他看著譜，十指在高高低低的黑白間游移，音符在弦與槌的敲擊下散佈至整個氛圍。聽著聽著便使其忘卻煩憂，那彈鋼琴對某人來說就存在內部價值。

很少事能為一個人帶來純粹的內部價值與外部價值。譬如在現行體制下求學。學生讀書，是為了享受解題本身所帶來的單純樂趣，同時也為了爭取名校的頭銜。一個人參加合唱團，可能是為了那股「唱」快，也可能是因為他試圖追求的女孩子早已先行一步報到。坊間屈指難數的登山社團，裡頭的成員放任自己沉浸在蓊鬱山林綠意或奇詭絕倫群峰之中，高嘆「登泰山而小天下」之際，心裡可能正默默數著百岳到底還剩下幾座。

那麼，有沒有哪件事是所有的人，都能享受其內部價值。不為任何目的，或者那件事情本身就是目的。尋找這件事就是身為一個人的終極目標，或者可以說是全體人類的終極目標。這件事就是幸福。

然而這樣講太過空泛。不同的人，都能在不同的事件發掘不同之內部價值。因此我們或可不必強將幸福冠上一客觀且廣袤群眾皆通用的定義。相反地，它該是主觀，甚至是帶點偏見的。每個人都有自己的幸福。

因此，我將幸福重新定義為：若每天做的事情裡面，有越多是因著內部價值去做，那人生就會越快樂，就會越貼近幸福。反之亦然。

因著內部價值去做一件事，意謂著樂在其中。樂在其中，則更能享受這件事情本身蘊含的興味，而不必透過跟人家比較，來達到相同程度之快樂。甚至可以說，透過比較得來的，並非真快樂。頭銜或輸贏了無窮盡，試圖藉之抓住喜悅，毋寧說是由此填補無限擴張的空虛，同時還須無時無刻背負有朝一日被追趕過的壓力。一路提心吊膽之末尾，不是黯然自承一切不如當初所想的那般盡如人意，摸摸鼻子徒嘆是非成敗轉頭空，便是高處不勝寒。

同樣道理適用於非關勝敗之事，譬如為了討好別人放棄主見，為了博取名聲而公孫布被，為了賺更多的錢扭曲自己好惡，為了別人的期待犧牲原先的目標，為了內心的恐懼而臣服於權力之握柄。為了外部價值而放棄追求內部價值的權利。戲如人生，人生如戲，繫著無數條看不見的絲線，沒有人希望自己上演的，會是牽向別人十指的傀儡劇。

又，「御宅族」這名詞風行已久。大抵用來指對動漫畫、鐵道或飛機等存在異於常人之濃厚興趣者，爾後更衍生出所謂「宅男」一詞。我屢次看見報章媒體熱切討論此族群。所有人密切觀察其一舉一動，像躲藏在羊群背後的狼，試圖把他們共同具備的特質一網打盡——儘管每個人窩在家中做的事其實大異其趣。總之，描述或結論大多偏貶抑，極少是肯定。但根據「御宅族」的定義，也根據先前對幸福的定義，之中許多人出自熱愛醉心鑽研一件事，雖足不出戶，卻有具體內部價值支撐生活的骨幹。縱然成為他人眼中的「怪咖」，「御宅族」是幸福的。

相反地，許多在社會上擁有較高社經地位者，譬如醫師。他們有一部份——當然並非全部——在求學階段是受家族期望寄託才填選「自己的」第一志願。結束醫學訓練後，收入與一般民眾相較雖堪稱優渥，卻可能拿著藥商的回扣開著別人指定的藥，看健保的臉色行使處方權，在醫療訴訟頻率日增的環境底下為規避糾紛，以保守用藥為首，遵照自主意願積極治療為次。超時、高負荷、不相稱的報酬與風險，該職業的外部價值雖耀眼，有多少醫師卻是鎮日在勉強自己完成不喜歡的任務？不幸福者易衰，無怪乎臺灣醫師平均壽命較常人要短五到十年。

但倘若無法選擇對自己存在內部價值的職業，追求對自己存在內部價值的夢想與興趣，是否一生就註定與幸福無緣了呢？未必見得。

舉例來說，愛是一種內部價值。能付出愛，或者接受愛，是至高無上的幸福。一家之主若能將自己為了追求外部價值而忍受的工作，當作是履行「愛」這項內部價值時所付出的勞力，就能更貼近幸福一些。愛往往透過犧牲表現。我們也慣用一個人願意犧牲的程度，來定義其愛之深淺。原本有機會遠颺海外攻讀學位的學生，為分攤家中的經濟，毅然轉變對未來的規劃。性好漂泊八方，四海為家的雜誌攝影師，因為結識他相信是天生註定的另一半，決定捨棄投入數十年的職業，落地生根。透過壓抑對某一方面內部價值的追求，我們復領會其所能創造，更巨大的內部價值。

又是否具技藝高低之分的事，就難以賦予人內部價值並帶來幸福呢？同樣也未必。很多時候，外部價值和內部價值並非彼此扞格，甚至存在相輔相成的關係。有許多事，在付諸實行的前期僅存在外部價值，越到後期內部價值才越發彰顯。舉例來說：某人喜歡游泳。他享受在水中放鬆軀體一面有效率地划水，產生向前推進的速度感。但要能夠體驗此等內部價值，他勢必得先歷經過不諳水性，鼓起勇氣下水、憋氣，學習踢水和換氣……上述種種階段，方能優「游」自在。那在一開始令人痛苦的學習階段，是什麼支撐我們繼續走下去的？就是外部價值。

「期待」是一種叫人又愛又恨的外部價值。像是開頭段落所提過的：運動，並期待自己變瘦。在難以享受的當下，我們腦海中浮現一幅美麗願景。只要那一幅美麗願景不和比較、排名產生瓜葛，那我們便有機會透過暫且追求外部價值，來換取未來長期內部價值的實現。也就是能在可預期的未來得到幸福。

甚至，只要付出足夠的努力，即使是在追求外部價值的養成階段，我們就能嚐到幸福的滋味。因為「進步」屬於內部價值。它們與個人緊緊相繫，攸關事件本身，亦無關勝負——當然，前提是不過度執著於進步的幅度、速度，以至在身體疲倦，精神狀態不佳時也因害怕退步，勉強自己去從事該項活動。只要避免上述心態，持續付出努力，便有較大的機會進步，因此獲得成就感。

不過，如果期待的願景與現實之落差太大，「期待」就成了「空想」。當下為追求未來內部價值所做的努力也會變成無法結束。這時就容易陷入長期仰賴外部價值做為動力的泥淖，內心也因遲遲無法達到目標而焦慮，離幸福是越來越遠。

少年時期許多人熱衷的「熱血漫畫」便經常以這類故事為主軸：書中要角憑著一股傻勁，在未對局勢或自己能耐作出充分評估前便毅然決然踏上奮鬥旅程，最後憑藉某種機緣或天生神力，途中雖遭遇各種險阻，但終能達成目標。可惜現實與想像間總存在落差。多少人到最後驀然回首，發現自己投注的心力付諸東流，喚也喚不回。已難光用「過程中得到的經驗最珍貴，結果不重要」來搪塞自己。有鑑於此，要追求某些幸福——也就是能夠駕馭特定技藝的幸福——或許得先衡量許多客觀條件。時間、精力有限。不經思考，妄想自己可以像青春漫畫中的人物輕易實現所有希冀，恐怕最終將如白萩詩中的雁，飛行過大半輩子，只看見遠方「冷冷的雲翳，冷冷地注視著我們」。

有些本質與競爭難分難捨之事，可想而知，注定讓人較難單純領會其內部價值。以桌球為例，它是兩人或四人間的競賽。理想情況下，球員只該專注在每一個從對手那兒過來的球，判斷其旋轉，並穩健出拍。在意的，是下一球該如何應對，而不對分數拉鋸、你強我弱投予過多關注。但將想法欲調整成如此，需要何其高尚的心靈層次！又論對弈，最佳狀態，是摒除除了「這一手怎麼下才是最好」之外的所有念頭。包括求勝、求名，或因處於弱勢而情緒低迷，或因搶得先機而興高采烈，或因周圍的人注目而緊張。心中被這些念頭所占滿，那下棋也就不再是下棋，反而是在追求棋局以外的東西。

現在，我們擴大對幸福的定義範圍：有個人的幸福，自然也有群體的幸福。一九八六年發生在烏克蘭的車諾比核變，當時蘇聯政府召集了許多後備軍人，到車諾比清理核廢料，替不堪使用的反應爐覆蓋水泥建材，並於核電廠正下方施工，挖掘地道，防止核汙染物質滲透至地下水。他們每個人都吸收了過量的輻射，終生籠罩在罹癌的高風險下，卻防堵了輻射線物質擴散至整個歐洲。在所有居民避之唯恐不及的環境工作，這些後備軍人犧牲了自己追求內部價值的權利，卻造就了群體幸福。

到此，似乎浮現重新定義「群體幸福」之必要。由於每個人的價值觀迥異，群體的幸福恐難透過彙整所有人之內部價值來實現。況且所謂「單一的內部價值」也不存在。因此吾人或可將群體幸福之定義改寫為：若某件事能幫助整個群體之中大多數人朝有利的方向發展，做那件事便可促進群體的幸福。

為追求整體社會正常運作，和諧發展的大善，勢必得在某種程度上犧牲個體追求幸福的權限。或許這正好反映了追求幸福，並不等同於追求善。更精確地說，群體的幸福跟善有關，個人的幸福卻未必。因為「善」是一種道德標準，建立在當代群體的價值觀上，但個人幸福的根基卻是與群體價值觀無關係的內部價值。所以一個人享受的事情可能觸法，或者喪心病狂者可能陶醉在傷害他人的變態快感中，無可自拔。幸好透過上述違法途徑取得幸福的僅極少數人，我想可能是罪惡感及羞恥心免不了一步步耗損從中獲得的快樂。行善才是許多人選擇實踐內部價值的方式。至於羞恥心及罪惡感是天賦人格，抑或是社會價值觀潛移默化的結果，就不得而知了。我們只知道，若為後者，則似乎印證了群體力量於冥冥之中透過抑制性的迴圈，發揮其影響力，導引整個群體往善的方向發展。哲學家史賓塞（Herbert Spencer）說：「教育是最有效的社會控制」，意旨便在此。

最後，讓我們回歸個人：在日常生活中，該如何追求幸福？

我最近常想，自己是真的喜歡讀書嗎？如果不舉行考試，還會讀得跟以前一樣用功，甚至更愛讀嗎？我是真的喜歡打球嗎？還是只是想要變強、贏別人，畢竟每次輸給人家，心裡都鬱不開心的，而勝利本身就是一種外部價值。我是真的喜歡游泳嗎？還是只是享受游完一定距離的虛榮心，或者是肌肉線條變好看的效果呢？那也是一種外部價值。

超然於勝負、優劣評斷之外的事何其難尋，吾人甚至可以合理懷疑這種事是否存在。別人的稱讚與批評、得獎與落敗的榮耀與失落往往和從某件事本身獲得的快樂參雜在一塊兒，使得外部與內部價值再也無法被清楚劃分。但我們依舊能挑幾件每天固定在做的事出來想想，努力提升內部價值居多的事的比例。或者轉變心態，發掘原本認為僅存在外部價值之事的內部價值。因此，若發現所投入的絕大部份都是受外部價值驅動，透過自主性地改變想法，倒也不必改弦易轍。

譬如某位學生做服務原本只是為了學分或者替自己的推甄自

傳多添一筆經歷。但某一回，受他幫助的老先生，握住他的手，吐出誠摯感謝的話語。這名學生發現自己原來有能力改變這個世界上其他人的生命。從此，服務對他的意義再也不相同。從改變思維做起：認識朋友，放下抱持拓展人脈的念頭。單純享受與人聊天的樂趣，若性格相抵觸，也不強留；出門旅行，未必得堅持像完成任務般跑完全部的景點。隨興所至，在計畫外的公車站跳下車，信步漫遊，想停歇就停歇，走進一家旅遊書上沒有記載的小吃，風味未必較差。

相反地，開頭段落提及的某人一開始因內部價值而練習鋼琴，但倘若他後續參加了相關的競賽、表演，添加了「比」的成份。多了期待，也多了進步的壓力。彈琴就不再只蘊含單純的快樂。諸如此類的例子不勝枚舉。職場上，生活中，甚至是單純的嗜好——許多原本對我們來說應該存在內部價值的事，被人家一逼，被誘惑影響，就變成因著外部價值去做。

或者，更可悲的，沒有人逼你，你自己可以做選擇，但你選擇的事，竟大多只剩下外部價值了。

交換日記

十月

二〇一一的夏天結束前，我一個人拖著兩箱斤斤計較的行李，到加拿大展開一年的交換學生生活。

雖說是一個人來到加拿大，但這裡總是有許多人，許多不同國籍的人。我可以每天串門子，到不同的派對跳舞社交，旁邊扭動身體的面孔一張換過一張，告訴我我不寂寞。

但我沒有參加那些派對。星期日早上不知道幾點，身處高緯度，即使清晨日頭也已掛得老高，陽光鋒利到像可以割開眼皮。躺在床上半夢半醒，我疑惑自己大老遠跑來這裡是為了什麼。天空倒是前所未見的藍。

為了沖淡這種疑惑，我參加許多活動。三項鐵人社、合唱團、樂器演奏社、基督教團契（提供免費晚餐），和戶外活動社，把日子塞得東倒西歪。我身邊開始充滿人，但我還是覺得一個人。與外國人建立情感互賴的關係比想像中困難。我希望明年離開時有人想念我，或至少有我想念的人。但目前，我們都還沒有生活在彼此的生活裡。

秋天，溫哥華天氣開始變糟。有時連著下一個禮拜的雨。我讀著跟自己以前在臺灣的同學完全不同的科目，遙想他們每天在醫院裡的生活。現在的日子是解脫也是一種負擔。我心裡覆蓋一層像是籠罩窗外的霧。

出發前，我幻想這一年所賦予的各種可能性，全身顫抖起來，猜不管過得怎麼樣總是會有收穫。現在回想，當初以為的也沒什麼不對。只是獨處的時間一多，也會有很多閒暇來審視，進而懷疑自己。

十二月

來到優勝美地。我研究了一番地圖，計劃爬優勝美地瀑布，據說在頂端可以俯瞰整個峽谷。前一天晚上睡得不太好，隔天早早就出發。清晨走在蜿蜒的山徑往底下望，切過峽谷的河川忽隱忽現，兩側陡峭的岩壁隨著陽光照射的角度推移浮現多種色調與層理。一切都讓我心跳加速。

走了三個多小時，告示牌說不到〇・八英哩就到頂。我想提高速度，眼前一段小徑卻被冰給封住。

要不要過？

小徑一側是山壁，另一側是河流。耳邊是轟轟的水聲，下游不到一百公尺就是北美最高的瀑布。如果在小徑上滑倒，就可能掉到結冰的河流裡面。舉目所及只有我一個人。

我立刻決定放棄，下次還有機會。掉頭走了幾公尺，但我想，以後真的還有機會嗎？就算有機會再來到優勝美地，我還有體力來爬這座瀑布嗎？要不要俯瞰整個峽谷的美景？心裡突然浮現一個聲音。

於是我就過了，穿著慢跑鞋蹲低身子，一步一步貼緊岩壁，花了超過一分鐘手腳並用爬過那段不到五公尺的結冰路面。就在二十分鐘後，我見識到壯闊奇絕的峽谷風光。

事後回想，這好像是一個很笨的決定。但很多時候能不能了無遺憾，似乎跟決定聽不聽明無關，跟運氣比較有關。

二月

在國外的日子已過了一半，有時覺得像是場漫長的旅行，有時又覺得自己只是換了一個地方上課讀書吃飯睡覺。但我確實遠離了自己最在乎的人，和平日最能左右自己的各種影響力。

儘管我有再大的決心，儘管我已經向我的家人、愛人與朋友宣誓再三，但往往沒有人真正願意我改變，除非是順著他們的心意改變，所以我跑得遠遠的，不必在乎誰或誰是否同意，也得以看清自己想走的路。

我開始過不一樣的生活方式，假裝自己是另一個人。在臺灣，我從不主動跟陌生人攀談，旅行在外，我強迫自己跟大眾運輸上的乘客聊天；參加派對，講一些純粹是為講而講的話。去奧勒岡州的波特蘭，我臨時起意加入女童子軍集會，裡頭除了一位老師，全是十二三歲的小女生。他們請我吃剛實驗成功的土耳其菜，我嚐了一口，說真不壞，就沒再取第二口；他們問我在加拿大和美國旅行的細節，我也聽他們評論學校的西班牙語課；最後老師還請我介紹臺灣的風俗民情。經過一而再再而三的嘗試，我臉皮越來越厚。雖然有人可能評斷這稍嫌刻意，但何必在乎？即使被討厭，我反正要離開這裡了。

八月

在沒有人認識自己的地方做新的自己不難，難的是回家以後，我可以把面具拿下來了嗎？還是我以為的面具，其實已貼合成為我新的面孔？

反文化衝擊，來得又快又猛。尖銳的喇叭聲提醒我，這裡的汽車不再禮讓行人。對著捷運車站裡迎面而來的陌生人微笑，只會顯得我很怪。習慣了加拿大同學在課堂上無後顧之憂地舉手發表，錯了也無所謂；回到這兒，底下一堆人（應該）明明知道答案，教授提問時卻一片死氣沉沉。

我逐漸做回以前的自己。融入群體的渴望超越了保持改變的慾望。任何改變，如果沒有收到來自外在群體的正向回饋，都很難持久。除非我鐵了心特立獨行。

回頭看，待在國外這一年最大的收穫不是留下多少改變，而是使我認識更多的自己：離家在外時最想念、牽掛的是什麼，最可以割捨跟不能割捨的是什麼；在陌生環境裡，我展現了什麼原先不知道的能力；最渴望得到的又是什麼。了解這些，我的心變得比以前安定。一切都將持續滾動調整下去。

老外覺得亞洲人都喜歡裝弱

一、保齡球

Dave 邀國際學生打保齡球。

問他會不會打，該生說：「喔！打得很爛。你呢？」

Dave 回說：「當然會打。加拿大人都很會打保齡球！」

後來那位不知名的亞洲同胞就把在場所有人通通電爆。從此以後 Dave 再也不敢說加拿大人哪項東西很行了。

二、鋼琴

樂器演奏社。大家互相問你玩什麼樂器。

「鋼琴。」

「喔喔所以你很會彈嗎？」

被問到的每個亞洲人都像是被探詢到性生活一樣漲紅了臉搖頭擺手說：

「No！No！No！」

接下來是大家輪流上臺表演的時間。剛才說No的那群人又是技壓四座。一問你鋼琴學了幾年？

「十二。」

「十四。」

「十七。」

三、乒乓球

社區的教堂舉辦了乒乓球比賽。因為來的人種很多，被戲稱為「世界盃」。

Daniel向我走來，一面舉起手。

「Jay，你會打乒乓球嗎？」

「會。」我說。

「打得怎樣？」

「很爛……。」

Daniel 露出震驚的表情：「我知道！你們亞洲人說很爛的時候通常就是很好！」

然後，

哎，對不起。我後來真的打得很爛。

晾衣與齒痕

在校園裡偶遇一起和我來加拿大交換的朋友。他表情古怪，我問他怎麼了。

「我可能要提早回臺灣。」他說。

「為什麼？才過一半耶。」我張大嘴。

「因為我出了一些狀況。」他說，事情演變到難以收尾，僅僅只是因為他在房間裡晾了衣服。

兩個月前，他在屋內的浴室洗衣，洗不適合扔進烘乾機的厚外套。他拿了衣架，在房間裡尋找可以掛的地方。最後，他瞥見天花板上有一個金屬吊孔。那吊孔很小，有點太高，他搬來椅子在椅子上疊好幾本書，然後整個人踩上去，搆長了右手才順利將衣架穿進洞裡。這吊衣孔設計得還真差，他想。

沒想到，在他掛好外套後沒多久，上方的金屬孔洞竟噴出大量的水。他嚇傻了。不知道該如何阻止水繼續湧出來，慌張地掏出所有上衣褲子內衣內褲鋪在房間地板。才沒多久，積水就淹過腳趾。

「後來才知道原來那個金屬孔是火災警報的灑水器。」他說。

「那後來呢？」我問。

「學校說要告我啊。」他回答。加拿大許多住宅是用木頭建的。被水淹了之後，木頭產生無法回復的形變。但他反控學校應該要張貼警告標語，告訴人家不能把東西掛在房間的金屬吊孔上。

學校應該也沒料到會有人這樣用灑水器。我想。

「我的房間是在最頂樓，」他說。「水後來就滲過地板，落到下層的房間。我樓下住著巴西來的鄰居。她當時人不在房間裡。等到回來，發現她的房間也泡水了。」

「那她一定很不爽。」我說。

「何止不爽。」我朋友舉起他的手，手背上有疤痕。仔細一看發現竟然是齒痕。「當時是期末考週，我巴西鄰居的電腦裡存著期末報告。水從天花板滴下來，她的筆電溼透了，裡面的報告好像也讀取不了。沒有備份。後來那位巴西的鄰居就跑上樓，歇斯底里喊著要我負責，但我也在為學校跟我求償好幾十萬加幣頭痛得要命。可能沒有溝通得很好吧，我們兩個人越吵越兇，後來她抓住我不讓我離開。」

「結果她就咬了你的手嗎？」我問。

「對啊。傷口比我想得還要深，血一直流。我還去了急診。在加拿大急診要等好久呵，可是很奇怪，他們看起來都沒有很忙的樣子，至少沒有像臺灣的那麼忙。」他說。「但還是讓我等了四個小時。」

「我從來沒有聽過像你這麼扯的。」我說。「回臺灣的交換分享會你應該變傳奇人物。」

「現在我得在溫哥華找律師。」他說。「但我想更簡單的方法是我趕快收拾東西，離開加拿大。你覺得他們會飛來臺灣找我嗎？」

「我真的不知道。」我說。

「或許我終身都不能再入境加拿大了吧。」他吐了吐舌頭。

「哎我想我應該會很懷念這個地方。」他補上一句。分辨不出是真心還是諷刺。

一顆雞蛋可以造成什麼樣的破壞

我在加拿大留學那年，住在一棟 townhouse 裡。townhouse 就像是臺灣的透天厝，一樓是共用的廚房，二三四樓是所有人各自的房間。因為一個疏忽，我差點被踢出我住的 townhouse。

某天晚上十點，我燒開水。水滾了之後，丟了一顆生雞蛋到鍋子裡，準備做水煮蛋，當明天的早餐。

結果，我轉身上樓進房間，東弄弄西弄弄，刷牙洗臉，倒在床上。竟然把煮雞蛋的事給忘了。

躺下去不知多久。昏昏沉沉地，我聽到消防警鈴大作。在臺灣已經習慣大家誤觸消防警鈴。我用棉被矇住頭，心想應該會自動解除。但過了很久，警報都沒有停止，我只好下床套上外衣推門出去查看。沒想到，一推開門，外頭真的煙霧瀰漫，而且有濃濃的焦味跟臭味！我立刻乒乒乓乓奔跑下樓，看到同住在townhouse裡的加拿大室友拿了一件外套在廚房裡拚了命地搧想把煙給趕走。我看見所有的白煙都是從我的鍋子裡冒出來的，一面心想：完蛋了，待會兒不知道該怎麼解釋。一面衝過去把鍋子端離火爐，放進水槽。

打開鍋蓋，發現裡頭已經沒有水也沒有蛋。蛋不知何時已消失不見，原本銀色的不鏽鋼內壁全部變成焦黑色，剩下硫化物燃燒的味道。就像是經過陽明山小油坑聞到的氣味，只是濃上好多倍。那是我這輩子聞過最臭的味道，立刻產生很強的嘔吐反射。之前曾在探索頻道看過某大學研發世界上最臭的臭彈，用來驅逐抗議群眾。節目裡他們徵求的受試者，戴上面罩，待在小房間裡。釋放臭彈後一秒鐘，所有人都用力扯下面罩然後逃出小房間。許多人當場就在攝影機面前吐了。我想臭彈應該就是像當時這麼臭吧。

所有室友現在都清醒下樓了。我們打開全部的門窗。但是還是太臭了。我只穿了一件無袖汗衫仍舊逃到屋外，雖然屋外當時大概氣溫接近零度。後來發現，同一區 townhouse 的消防警鈴是連通的，我們周圍 townhouse 的住戶也都被吵醒了，大家在深秋戶外的草坪上繞啊繞的驅逐寒意，不確定到底發生了什麼事，跟什麼時候才能進到屋裡睡覺。

忘了我當天晚上究竟跟多少人解釋跟道歉，還好我的室友們都寬宏大量。不曉得是否是我的錯覺，過了好幾個月，那氣味仍一直存在。

你們這兒沒有人重考嗎？

跟美國還有加拿大的大學生聊天，我才發現重考是亞洲特有的文化。在北美洲不曾聽過高中生「重考」大學。原因是他們高中進大學的方式跟亞洲不一樣，不單看大學入學考試的成績，而是將該學生高中四年的在校成績、社團參與、志工服務、體育表現，跟領導能力都納入考量。當然他們也有學科能力測驗，譬如ACT、SAT。以SAT來講，每年會舉辦七次，想考幾次都可以。申請大學時也鼓勵附上ACT與SAT的成績，但僅供參考。如果前面提到的其他經歷都空白，即使學科能力測驗滿分，也無法錄取好大學。所以重考對北美洲的高中生來說沒有意義。主要決定你能不能錄取理想大學的，是過去四年的表現，那已無法改變。

又，北美洲的醫學系採後醫制。也就是得先拿到大學學士學位，才能申請讀醫學系，就像是申請研究所。為了進醫學系，倒是很多人大學畢業後，額外花個一、兩年的時間做研究，累積自己的論文發表數；或者進醫藥相關的企業實習。但這跟在臺灣為了進醫學系重考，待在重考班內日復一日操練題目又大不相同。

感覺這幾年，臺灣高中進大學的篩選方式往北美洲靠攏的趨勢越來越明顯。聽說現在的高中生都必須製作學習歷程，替自己高中三年參加過的活動留下註腳。但感覺大學方還是很看重單一入學考試成績，且入學考試也還是只有一年舉辦一次，所以大家心裡應該覺得其實跟以前差不多，可能壓力還更大。但我想，本來就不該期待移植美國的制度能減輕升學壓力。投入全部的心力只為了考好一場試，跟花四年的時間將學科、體育、社團、服務都培養得面面俱到。哪一個壓力比較大還真不好評斷。

只要大家想進好大學，而好大學的數量又有限這點沒有改變，我想高中生活就不可能輕鬆。人生就是不斷為了擠進窄門而努力，一道又一道。放諸四海皆同。

趕列車

加拿大同我們一樣有技職學校，但社會對技職學校的觀點與臺灣並不相同。我遇過一位在英屬哥倫比亞大學（UBC）主修心理的學生，待了四年取得心理學士學位後，到溫哥華的技職學校（BCIT）重讀，現在當大卡車司機。她的爸媽經常與人提到他們女兒的決定，那語氣像分享一個喜訊。想像一個在臺大的學生，大學畢業後到科技大學重新拿學位，畢業後去開卡車，大部分臺灣的父母將如何評論？

高中生涯結束，升大學前，不少加拿大的年輕人會空下一年去做自己想做的事。大學的第一年，通常是探索期，也就是還不需要宣告（declare）自己的主修為何。因為雙修跟轉系的門檻比臺灣低，所以即使大二之後，宣告了主修，還是相當多的人雙修與轉系。大學時期就先到與本科系相關的公司打工一陣子是很常見的事，而且通常一做就是全職、三個月以上，同時間學校的課業先喊停。花了五年、六年甚至七年的時間才拿到大學文憑的人不在少數。當他們畢業時，對即將投入的產業已有相對多的了解。

臺灣許多大學生當初因為分數到了就進入某個系。雖然不確定自己喜不喜歡，但也沒有其他特別想做的事，所以一路窩了四年。畢業後，發現有碩士學位的起薪比較高，或者，看別人考研究所也因此跟著考。對出社會充滿惶恐，希望把學歷當作盾牌，心裡又明白學歷不等於實力。

我們習慣活在群體焦慮中，好像每個人趕搭同一部列車。學生時期擠名校，拚準時畢業。到了特定歲數就該結婚、買房、定下來不宜頻繁更換工作。沒有在時限內完成的，等同自願下了車，像是被誰拋棄了孤零零留在月臺上，月臺周遭是一片荒涼。加拿大這樣的氛圍就淡了許多。同一部列車必定不會開向所有人都想抵達的遠方，在臺灣，或許我們缺乏的正是下車的勇氣。

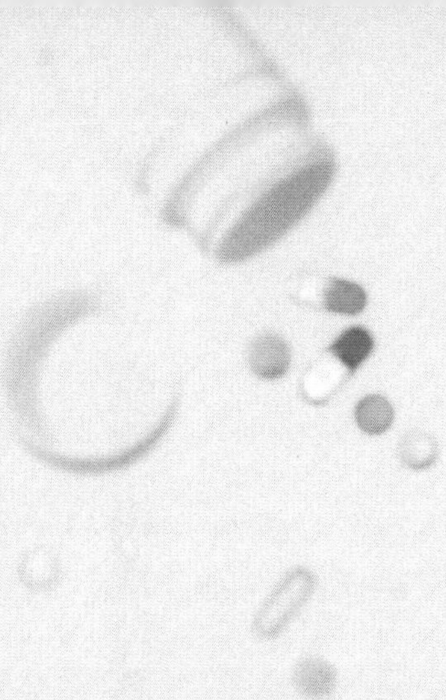

或許山裡有答案

或許山裡有答案

單手輕扶方向盤。緊閉的車窗，車裡近乎無聲的冷氣，讓我幾乎忘記現在正以一百公里的時速接近遠方的山。像是靜止，又好像緩緩向我走來。

右轉下交流道，離開寬廣的國道六號，路越縮越窄，終於難以會車。

抵達武界部落。等了四十分鐘，得利卡（Delica）才出現。司機搖下車窗。「只有你一個人啊？」他一臉笑嘻嘻的。我心想，你不早就知道了嗎？

「不揪多一點人啊？」「不好意思麻煩人家陪。」我說，一面把背包塞進得利卡座椅底下空間。

其他同伴得知上禮拜的新聞後，一個接一個說不來了。大部分接駁車司機，載一個人，跟載整臺車，都收同樣的錢。好不容易才找到一個願意算我這樣的獨攀客便宜一點的。

上禮拜一批爬郡大山的山友，也僱了臺得利卡。一個彎道過後，上坡，車子突然熄火，全車的人連同司機失速倒退墜落山谷。

得利卡停產已久，故障了常沒零件可換。車主多逃避檢修，因為光廢氣環保評測就過不了。但其翻山越嶺的性能仍無可取代。

離開武界部落。左手窗外濁水溪白滔滔的，卻聽不見水聲。拐入萬大林道。太陽被雲霧上濾鏡，變做可直視的圓盤，圓盤被一旁聳立的枝幹切得破碎。我身體隨路面坑洞一盪一沉。

司機沒有照約定把我載到七．八公里處，而是在一個更早的地方就鑰匙一轉，熄火。

「這裡比較好迴車啦。」他說。

「我查別人的紀錄，再進去明明就還可以。」我說。

司機跳下車，把背包和登山杖從車內搬出來擱在石頭地上。我只好多踢兩公里山路。錢還是不能少給。

前人接連用腳，爭取出一條往山頂的路，但只要一段時間無人再訪，芒草與箭竹又把路收回。干卓萬橫斷，長期遭政府封山，幾年前才解禁。出發沒多久，天迅速暗了。我戴上頭燈繼續往前，目標三天後下午抵達栗栖溪畔。

這條路線比起其他熱門的路，路跡還不是很清楚。我靠頭燈尋覓樹梢的彩色布條。若覺得不對勁，便停下腳步打開手機GPS比對。一個人的好處是不必為耽擱了誰感到抱歉。

非熱衷此道的朋友，想像的登山常是穿著輕便，踏行在鋪設整齊的石階，高聳挺拔的樹幹環繞，沁涼的風撫摸臉頰。我認知的登山，則時常得繃緊神經。路過一處崩壁，我重心放低，身體貼右側岩壁，兩腳呈剪刀狀前進。突然，餘光瞥見手背上有東西蠕動。

七彩螞蝗。一端附在我手背，另一端探頭探腦，正試圖鑽進袖口。

我大叫一聲甩臂。登山杖掙脫手腕，落下左側斷崖。但螞蝗還在，吸盤仍貪婪吸吮。我鼓起勇氣用食指和拇指捏住螞蝗身體。觸手黏膩柔軟。我使勁一拔。

螞蝗終於脫手。我貼近斷崖，發現登山杖被邊坡上樹枝卡住，距離約兩公尺。要不要撿？最後，我趴在崖邊，左手緊抓橫生的樹瘤與芒草，上半身往懸崖外探，右手拿著另一支登山杖，伸長手再伸長，勾住登山杖的手腕吊環。

撐地站起，我掛滿汗珠。往前走一會兒，遇到第一個空地便取出帳篷。手背螞蝗上身處，鮮血直流，卻感覺不到疼痛。

鑽進睡袋。心跳遲遲降不下來。如果剛剛在撿登山杖時墜崖，會有人知道我出事的地點嗎？應該先解下背包，放在崖邊的。但若人包分離，即使墜谷倖存，我的求生用品也將不在身旁。折衷之道，是先掏出背包內某樣東西放在路邊當作信號，但會不會其他登山客經過，就把它撿走了？當時急著撿登山杖的我，又怎可能想這麼多。夜晚的山不寧靜。風穿過外帳與內帳間的縫隙發出呼呼聲響，枝葉相互摩挲，兼野生動物的啼叫。我東想西想，翻來翻去不知多久，疲勞才追趕上來。

陽光刺痛雙眼。第二天早晨，我用爐子煮了湯配買的麵包。上山常食慾不振，我得強迫自己攝取足夠熱量。

不久便迎來連續上坡。我按自己的步調，踩穩，拄杖，再往上蹬。獨攀，省去為後面的人靠得很近感到焦躁，或因前面的人相隔太遠而煩惱。一群人走，目標一致，惟體力不一。團進團出，得配合彼此。走在頭需負責判讀方位，代替大家被蜘蛛網洗臉；行在尾又害怕墜谷、迷路，被遺忘拋下。隊伍中，有些人習慣緊貼隊友。禮讓他先走，他卻又搖手拒絕。體力弱者往往踱至休息處，隊伍前端早等到背脊發涼，待落後方一進入視野，起身便行。落後方感到永遠追趕不上，永遠無法休息的壓力。對快者來說，走快難，甘願走慢更難。

過干卓萬山不久，遭遇一道瘦稜。稜線上的路約與肩同寬，瘦稜兩側是像被斧頭劈過，粗獷的棕色岩壁。左側深不見底，右側底部似河川源頭，水細如牙線。

我快步通過。路本身不難走，但要克服極大暴露感，懼高者可能一步也邁不了。一群人之中，一位團員跟不上，或不想走了，該全隊撤退，還是拆隊？拆隊，又該由誰陪同撤退？長程路線如南三段，要完成需十天左右。大家撥開日常生活中的重重阻礙，才湊齊這十天，如何說放棄就放棄？

我第一次縱走，是爬聖稜線。第一天經水管路上碎石坡，鬆軟陡峭。我走三步退兩步。每走不到一分鐘就停下來大口喘氣。

你還好嗎？同伴問。

「我頭痛，很想吐。」我說。他掏出血氧計，夾住我的食指。

「剩76％，要繼續爬嗎？」他說，雪北山屋那邊直升機應該沒辦法到。

「我不想放棄。」我說。兩個人都沉默。後來，他陪我慢慢走到海拔接近三千六的雪北山屋。當晚我一口飯都吃不下。

但隔天，我就恢復正常。有些高山症的，隔一晚卻併發肺水腫狂咳血絲，甚至腦水腫斷了意識。不往上走，無從知道往上拋擲的硬幣會落在哪一面。

傍晚五點，我抵達牧山池營地。旁邊已有許多帳篷。換上拖鞋，取水，過濾。點燃爐頭，晚餐是脫水蔬菜佐烏龍麵。為減輕重量，從第一天到最後都用同一副碗筷，不適合煮油膩的菜餚。

晚上大約七點，突然聽見旁邊的山友高喊：森林失火了！我連同許多人從帳篷裡鑽出。循聲望去，橘黃色的亮光在森林裡燃起。大家屏息注視，有人掏出手機。只見亮光越竄越高，最後竟整個懸浮於樹梢。

「那是月亮啦！」有人點破，有人放聲大笑。

第三天睜開眼只見濃稠的黑。一時間分不清是真的醒了，還是在做一場醒來的夢。

今天要走一道支線：火山與牧山。不到凌晨四點，前方明滅的頭燈已多如春夏之交，平地水澤草叢畔的螢火蟲。若只求從干卓萬橫斷起點走到終點，不必經過這條支線。火山與牧山，如未納入百岳，還會有那麼多人造訪嗎？

抵達火山前，碰上日出。我拿起手機照了張相，太陽被山頭遮住一半，像巨大求婚戒。後續抵達的其他人，紛紛放下背包，拿出手機，梳理妝髮。山頂周圍，群峰青翠毫無遮攔，各隊伍卻緊盯鐵牌前排隊的人龍，心想何時能輪到自己拍團體紀念。這讓我想起某次，隊友手機掉了。趨前關心，他說：登頂照都存在手機裡，這趟白爬了。

返回營地，高掛的太陽曬得後頸如咬人貓叮。我收拾行囊。今天會經過十八連峰，抵達此行最後一座百岳：卓社大山。

十八連峰，滿佈陡升陡降峭壁，得抓繩、手腳並用。走過的山友無不提醒：下雨別走。

此類事先昭告天下的危險地形，各人通過時均小心翼翼，反而非出事熱點。甫脫離了危險地形，後面接續的第一段；以及一些看似簡單，聽聞出事後親臨現場，一瞧疑惑怎麼這也能出事的，更容易惹人鬆懈。

十八連峰中段有一道約四層樓高的岩壁。我左手抓繩，右手指尖卡進罅隙，兩腳輪流向下探。抵達底部後抬頭一望，覺得這沒留念太可惜了，用地上的幾塊石頭固定手機，設下定時，再背起背包上攀。往返數次，直到取得滿意的照片。

經這麼一耽擱，走不到卓社大山了。不知連峰還剩幾座，我研究地圖，決定迫降在森林裡。剩下的水不夠煮麵，改以乾燥飯裹腹。

乾燥飯吃完，反倒比吃之前更餓了。花了三天來到這塊三千公尺高的空地。地上小樹枝跟石礫清理不盡，翻身時總擔心充氣睡墊被刺穿。想暢飲冰涼茶飲，但水珍貴到刷完牙，漱口的白沫都捨不得吐掉。上山提醒我，柔軟被鋪，清潔衣物，打開冰箱伸手可得的食物可以變作遙不可及。

第四天半夜，滴答聲穿透帳篷頂。

兩點四十五分。鋪滿厚重雲層的天空，反倒比晴朗的前幾夜更顯亮。紮營在十八連峰半途，我想起山友說的下雨不要走。

就著微弱燈光，穿上吸飽昨日汗水，仍未風乾的冰冷褲衫。我窩在帳裡把已打包的睡袋再套上一只塑膠袋，擠出空氣，打結。一心想趕快下山，動作卻遲緩無比。全身關節都喊痠痛。

端午、清明、中秋，我總計算前後再請幾天，就可塞進一趟縱走。家人不能理解，不能回來就算了，為何還得挑讓他們擔心的事做？

學生時代覺得，難道我連自由都不配擁有嗎？但有了工作，有了另一半，有了孩子，非得爬的原因還剩下什麼？我越來越講不出口。一直往山裡去的我，能在山裡找到答案嗎？

氣溫不到五度，除眼前燈束照亮的雨絲與樹幹，剩下是一片黑暗。我束緊腰帶，深吸一口氣，踏入黑暗之中。

我從來就不是因為享受爬山所以爬的。

對我來說爬山最快樂的時刻，就是結束爬山的那一刻。

沒有日光，懸崖深不見底。只有頭燈照到的地方才看得見踩點。按捺想儘早脫離危險地段的衝動，手與腳踩好抓穩，三點不動一點動。潮溼的岩壁好像也在呼吸，吐著白色的霧氣。

漸漸地路變得平緩，我抵達了一個平臺。GPS顯示是卓社大山山頂。頭燈能照亮的範圍有限，怎麼看不到三角點？我越找，越焦躁。明明就在這兒了啊！

遍尋不著，我一屁股跌坐在地。想省點電，關起頭燈，發現剛剛白灼的圓圈外頭，以為什麼都看不見的，輪廓竟開始一點一點在黑暗中清晰起來。

雨珠打在肩膀與頭頂，好像提醒我別睡著。靜靜坐在山頂等天亮，身體越等越僵。或許我正像先前偶遇的高山協作所說的，在平地過太爽。

大地甦醒，卓社大山三角點終於現身。原來藏在兩個樹叢中間。我舉起三角點旁的鐵牌擠出微笑自拍。總算可以下山了。

三角點後的下坡覆滿鬆土，淋雨後吸飽了水，一踩便陷至腳踝，我用兩支登山杖不斷穩住身軀，偶爾轉成螃蟹走。山一直都在，但人不會一直有機會爬。幸運如我，現階段沒有更要緊的事。待家人更老，甚至生病了，我還能逃開到手機沒有訊號的地方嗎？

越過卓社大山山頂俯瞰，周圍的山頭像浮出水面的島嶼。天空剛亮起來，黃色，紅色，紫羅蘭色的漸層，是天空與雲海的分野。海面波浪翻騰，拍打上岸，耳邊傳來的卻是斷續鳥啼。我疑惑，為什麼從高樓底部仰望，不斷孤單移動的雲，此刻卻能安分聚攏成一片海。

步行在同一山徑，有人隨興，有人志在攻頂；有人極輕量化，有人複製平地的舒適奢華。山為每個人都出了題。該帶什麼上山，多了消耗體力，少得克制慾望。走岔了路，該往前探更遠一些，鑽過芒草與箭竹即是條接回大路的捷徑；或保守為上，稍有疑惑便承認錯了，退回上一個路跡清楚的點。身體不對勁，努力撐住，觀察看看；或在惡化前果斷撤退，下回再訪。摒除旁觀者的明警暗示，我做決策的當下也更認識自己。

下降到海拔兩千八，肚子突然絞痛，一陣頭暈，噁心。我試圖忍耐，最後還是把胃裡酸水全吐了出來。

癱坐在地。我可以翻越那麼高的山頭，走那麼遠的路，也可以變成一公尺都動不了。

坐在路邊，看山友一個個超過。有人詢問是否需要幫忙，我搖頭，說我還好，其實心裡很惶恐。過了約四十分鐘，力氣開始恢復。我一站起，腹部就開始抽筋。以兩支登山杖做槳，拖著身體向前划。

這趟旅程雖苦，但已是循別人開好的路走。探勘隊伍，一天往往只能前進一兩公里。各人輪流走在首位，持山刀，劈砍恣意生長的箭竹芒草，還得留神是否腳踏實地。

下武界的新路是將破碎坍塌的林道截彎取直。里程縮短了，變十分陡峭。我或許錯過了一處拐彎，猛回神，眼前已失去清楚的路徑。天空下著雨，我全身上下沒有一處衣角肌膚是乾的，無法操作手機螢幕查看GPS位置。

慌張之際，聽見下方有人聲。我朝著人聲方向大喊，下方的山友聞聲，也大喊回應，指示我往左方橫渡。果不多久，我又看到了布條。

回武界部落停車場前。得先渡栗栖溪。天氣好時水深只及小腿肚。但今日已下了一整天的雨，我憂心溪水暴漲，即使已相當疲倦，仍不敢停歇。

鑽出茂密的中海拔樹林，撞上綿延的鵝卵石河谷，灰撲撲看不到盡頭。我無心逗留拍照，往中央河道處走。不一會兒望見水流，心裡一沉，果然已是洶湧黃漿。河面約十幾公尺寬，水聲轟隆。此時，對岸有人向我揮手。稍早在山上迷途時，指引我方向的山友，怕我不知道過溪地點，竟然在對岸等候。他們比著建議的入水點。我鎮定了些，踏入湍急的河流。先用登山杖往前探，確定深度，再邁步出去。每一步，雙腳都像是被繩索纏繞，不斷收緊拉扯。

驚險過溪，想與兩度伸出援手的山友道謝。但他們看我無恙，早已離開了。我只望見遠方他們的背影。

混濁的栗栖溪溪水，看不見底。與我事先在網路查到，上週其他人造訪此地時坐在溪裡泡腳、嬉戲的留影，兩者只是下了一場雨的差別。山川河谷的樣貌無常，才是恆常。

通往停車場的柏油路，現在看起來熟悉又陌生。手機偵測到網路，訊息的震動與電郵又把我的視線綁回小小屏幕。上山總想著下山，下山又想著上山。我懷念爬山時才會出現的入定狀態：朝單一目標邁進，想的剩該走多久，跟能休多長。回到山下，在乎的，無法割捨的事突然暴增，就很難持續跨出同樣堅定的步伐了。

撿角

不到中午，我們便抵達了營地。難得今天路程短，縱走已近尾聲，圍坐帳內，某人提議輪流分享：為何想不開來爬山？

連日重裝越嶺末了，太陽已落下，雲朵仍吸飽餘光。我們屁股一貼地就不想再起來。占了石礫與樹枝最好清的一塊，搭帳、取水、煮食。背靠錫箔軟墊，閉上眼睛，隨即吹響帳篷外酷寒，與腹內飽脹膀胱拉鋸戰的號角。

凌晨兩點，水鹿徘徊外頭等待舐尿，鼻息彷彿貼著帳壁。我們在一片漆黑中坐起。非貪看山頂日出，是怕路走不完。外帳拉鍊卡住，用力一扯發現已經結冰。拇指摩擦到紅腫，打火機吝於吐露暖焰。開啟頭燈，摺好睡墊，將其牢牢綑上背包。背包很重，在肩膀與髖部留下紅色勒痕；背包很輕，生活的重擔被遺留在平地。每天計較的，剩該走多少與能休多長。

登山是不能洗澡，是徒勞，是暴露於自找的風險。好奇的人，通常也是不爬山的，問你是否為了尋找自己？在山上確實總在尋找：水源、布條、路跡，跟岩壁上供抓握踩踏的點。但心中疑惑則未必將豁然開朗，咬牙登上山頂才發現是一道白牆。數月的準備與期盼，出發前鋒面掠過就化為泡影。

有人問，登山是否為了遠離人際關係？人際關係，走再高再遠也擺脫不了。獨攀，山下在乎你的人心裡忐忑；與人同行，若體能差距過大，慢者追趕到力竭，快者久候至生氣然後胡思顫抖。有人自恃經驗多，總克制不了指點幾句；有人隨興，拍照停步全由他喜，讓全團人等；有人競爭意識旺搶占前頭，有人無話墊底；有人登頂意志堅定，暴雨淋頭也不撤退，有人腳跟起小水泡便嚷著下次重來。人形形款款，或勝山間植披的奇殊異樣。

討論中斷，風聲似乎提高了。金黃色日光不待邀請就穿入帳內，大家穿出帳口伸展四肢，如浸入熱水的茶葉。有人提議太陽落下前去尋找鹿角。春天正是換角季，一路走來不時聽見水鹿的叫聲，既近且遠。那人掛保證，說某次內急，拐進路旁草叢，褲頭未解就發現腳邊躺著一只新鮮的。大而多分枝，深咖啡色。

結果，我尋遍營地周圍的草叢與獸徑，都沒發現鹿角蹤跡。白色山嵐輕輕倒入谷地，我身上沒帶任何裝備，怕離營地太遠，只得悻然掉頭。

回到帳內，偷瞄四周，感覺不出誰有收穫。剛剛的話題，還沒完呢。你為什麼登山？是為了成就感嗎？一山友聽了，自嘲登山者視撿三角點如命，不愧是真正的「撿角」。貪圖小小頭銜，到處炫耀蒐集了幾座百岳，實則拋家棄子，一出團就五日七天，音訊全無。「在山下有大事業要顧，真正愛惜家庭的人才不會來登山呢！」語畢，哄堂苦笑。空手而歸的我們，這下連撿角也沾不上邊了。

山中突逢暴雨

我身負十餘公斤重的行囊。眼鏡外層沾滿水珠，臉上不斷散發的熱氣也在內壁凝結一層厚重的白霧。來時乾巴巴的黃土路現在已行潦川流，初時我還試圖躍過，但後來索性放棄，直接踏入一個個身及足踝的小水窪。反正鞋子裡早已積滿從上衣、褲管流淌而下的雨水。

山上天氣多變，但沒想到這次這麼糟。我和同伴行經審馬陣草原。原本該是綿延壯闊的綠油油景致，兼可遠眺聖稜線、雪山，及南湖大山。現下卻白霧瀰漫，只剩下前方十公尺若隱若現的樹梢。

還好已是回程，我安慰自己。每打起精神走一步，都是朝山下溫暖的湯麵、熱水澡及被窩更進一步。

登山杖堅硬的末端戳進軟爛的稀土，乾脆地陷了進去。雨轟轟轟地落，我拔起杖，方才製造的凹洞瞬間被混濁泥水填補。回頭看，腳印也在大雨中消融。

有人說爬山像修行，我同意。但我以為裡頭的涵義，不僅止於背重物走一段很長的距離。

上回，在同樣如此惡劣的天氣，我們抵達了嘉明湖畔。不同的是，現在我正朝著山腳邁進，那時我們卻才要開始紮營，面對一個所有人都深感畏懼的夜。

下午五點半，全身溼透的我們好不容易搭好帳篷，鑽進裡頭，還來不及整理驚恐的情緒，唰地一聲，領隊弓身進來，嚷說雨下太大，最好趕在太陽下山前離開。時值六月盛夏，平地酷暑，三千多公尺處氣溫卻僅十度上下。我用僵硬的手指解開雙腳的鞋帶，取下登山鞋，再套上雨褲繫好褲頭，就花了十來分鐘。

背包上肩。雨勢漸強，風挾著飽滿的水珠痛擊臉龐，我們像濃湯裡的沉澱物在碗底搖晃。突然，雙腳一沁，低頭才發現，該是朝遠離湖畔方向的我們卻往湖中央走去。這下再也不敢貿然移動，趁著最後一點殘餘的日光僥倖回到方才紮營處。心裡知道，明天之前是走不了了。

日落，氣溫驟降。吐著白霧，所有人都沉默。帳篷無法完全防水，雨珠不斷從頂上滴下，沿著四面的帆布滑落。轉瞬我們發現自己坐在一層淺淺的水中。外頭呼嘯的風不曾放棄挑釁。突然咻地一聲，如箭劃破空氣，接著傳來清脆的金屬撞擊聲。我們外帳的一角掀開，大量的風跟雨水不請自入。原來固定的鉚釘已拔地而起。其中一個夥伴在此刻發難，瘋了似地嚷說不管如何他一定要下山，他不可能在這種狀況下多撐一分鐘。他全身顫抖，不知道是因為憤怒、害怕，還是只是過於寒冷。沒有人回應，沒有人有力氣再跟他說理了。大家都分別用最後一絲力氣環抱住自己的膝蓋，蜷曲著，摩肩擦踵，試圖挨過好似永無止境的折磨。

外帳的一角持續在空中飛舞，有如飽脹的帆。我們心裡知道，如果不重新把它插回土裡，剩下的鉚釘終會被接連拔起。失去外帳的屏蔽，雨水將毫不留情地灌入，所有的人都可能失溫而死。

山下，我們是好友，現在卻都迴避彼此的眼神。我們經驗太粗淺，準備不充分。看了幾張陌生人拍攝的，天使的眼淚，就像被什麼感召似的一樣倉促成行。我們沒有準備雨衣，不知道什麼是防水打包，背包裡的睡袋早已吸滿了水，躺進去就如同將自己送進一座小棺材。現在，所能做的只是坐在水越積越深的狹窄帳篷裡，試圖用體熱驅逐寒意。誰又會願意踏出去，把自己重新淋得一身溼。

突然有人發聲責難，說早在途中開始飄雨時，他就覺得應該撤退。都怪某某某的堅持，才會讓大家現在落得這番田地。被指責的人反駁誰知道後來雨勢會變得這麼大。山中落雨飄霧，過一會兒後又露出藍天，本就尋常戲碼；而且當時決定繼續向前，你也沒吭聲，不要什麼事情都怪別人。

尖酸的攻擊比挾著風的雨滴還要螫人。關於撤退與向前的齟齬擴大成對彼此素行的攻擊。我好累，卻不能躺下，因為帳篷內積了水。只好把溼透的睡袋蓋在身上。頂上滴下來的水越來越多，外帳可能早已被風捲入山谷。昏昏沉沉了好一陣子，耳邊好像仍傳來吵架的聲音；突然轉醒，卻發現帳篷裡一片死寂。我想應該快黎明了，按開夜光錶的開關，二十一點四十四分。

我們曾經以為撐不過的，現在一轉眼就過了兩年。當晚在帳篷裡一起度過的那群人，之後就不曾一起出遊。或許只是因為畢業後大家四散各處，要重新聚首也不容易。

離開審馬陣草原不久，雨突然停了。同伴丟開登山杖，作勢生氣道：都已經要結束了才給我們好天氣。我仍在思索，猛一抬頭，陽光穿過樹梢刺痛了我的雙眼，頂上是一片藍天。烏雲已經退到遙遠的山頭，好像根本不曾造訪。

逆水者言

排列整齊的隊伍繞過整修中的風景管理處，步下綿密沙灘。十月的風捲起一波波浪，氣象報告說兩天前有颱風過境。白沙灣。結訓前最後一次海訓。戒護教練向我們吼道：「要成為救生員就得有克服風浪的本事！」我瞥見教練們背著蛙鞋，身穿防寒衣，肩上還負著魚雷浮標。而我除了泳褲蛙鏡泳帽外一無所有。

全身發抖，學員們一列接著一列沿平緩沙灘入水。忘記當時腦中還陷在哪個情境，第一波浪就打向我。

越往離岸方向游，越感覺自己像布偶，四肢綁滿了線條，線條延伸至深邃的海底。水又苦又鹹，灌入鼻腔與嘴巴。整個白沙灣像巨大泥淖，全部的東西翻騰攪動。上了岸我勉力支撐走幾步路就感覺暈眩。好像剛從水中離開，轉瞬又回到水裡。

拿到救生員證後，我發誓再也不要回到這個地方。但兩年後，我已從學員變成教練。歷經多次的海訓，現在換自己帶領一批批新的生力軍，到此接受重鹹洗禮。

炙熱陽光下，我們在沙灘上講解如何帶著救生板出海、如何拖帶溺者上岸、如何解脫溺者纏抱以及各種救生游法。一下水，預先塗抹的防曬油瞬即被海浪沖刷乾淨。中午躲到陰涼處吃便當，夥伴故意捏我發紅脫皮的臂膀。有次，某位教練隔著沙灘，在靠海那端高舉魚雷浮標朝我們揮舞，用肢體語言示意一輛沙灘車前往支援。大夥滿心疑惑，因為學員都已上岸。抵達現場，才發現他的足底早已被滾燙的沙子燙出一個個的大水泡，有的破了，滲出血絲。我想像那傷口在海水浸泡下產生的劇痛，不禁感到頭皮發麻。

關於救生，學員總有許多疑問。

「教練，如果溺者雙手雙腳緊緊扣住我，把我壓到水裡該怎麼辦？」

「教練，如果我還沒救到人他就已經沉下去了該怎麼辦？」
「教練，如果我在回程途中發現已經沒有力氣了，應該放棄溺者嗎？」

我只能讓自己變成一具錄音機，重覆告誡當初被告誡的事情。許多人，包括當初的我，都對救生員有錯誤認知。以為挨過十八天的水深火熱，就能化身浪裡白條。但舉辦救生員訓的主要意義不在救人，在自救。

即使精通各種救生游法，在風浪大的海況下，能平安回來已是萬幸。坐上高高的看臺，海面的炫目反光干擾視線。用力瞇起雙眼，勉強辨認出一百公尺外的小小黑點不是別的而是溺水遊客後，也只能駕駛救生艇前往救援。說是救援，溺者往往一個浪頭罩頂，就不見蹤影。每次訓練結束途經北海岸，看到一艘艘的漁船滿載歸航，腦中總會閃過家屬哭嚎到海邊招魂的畫面。覺得感慨，大海慷慨賜予漁獲，卻又奪走對它來說微不足道的人命。

我始終無法與海交心，即使與它共同相處過不算短的時間。

初看它毫無主見，隨表面颳過的風起舞，其實底下暗潮洶湧。

有回，我和其他教練來到白沙灣場勘。跟之前無數次一樣，我自忖熟悉這兒的海況，估算了潮汐時間，便選定一處新的點下水。

這將是我最後一次的勘查。

剛開始超出預期的順利，整支隊伍如箭一般快速前進。等到驚覺，岸上救生站的白色棚子已經縮成一個小點。右手邊數百公尺處是長長的堤防，滿布銳利礁石與消波塊。唯一回去的方法是掉頭往相反方向游。但無論怎麼努力，岸上的樓房看起來還是一樣遙遠。只要稍微停頓，浪立刻又把大家帶向海的中央。

雙臂疲累到難以抬出水面，底下是無可探底的暗濁。最後，所有人舉起鮮紅色的魚雷浮標大聲呼救，順著海流朝危險的堤防飄去。但岸上的人似乎沒有任何行動。在靠近堤防數十公尺處，有一道與之平行，從岸上放入海中的粗尼龍線，上頭繫著圓球浮標。快要飄到堤防盡頭，越過就是廣袤外海之際，流竟然悄悄地轉向了。力竭的我們大喜過望，掌握這最後機會，往浮標末端游。最後，攀住尼龍繩，一個接一個狼狽地爬回岸上。

一上岸，兩條大腿立刻劇烈抽筋，無法動彈。當地救生站的前輩過來關切，我們才曉得白沙灣的流並不若當初想像的單純。兩道警戒線之間隱藏一道往外海的暗潮，在警戒線外的左右兩道才是往岸上的流。

從此，海岸的高聳看臺變成了室內黑色辦公椅。我奔波的地點也從炙熱沙灘，轉回四季恆溫的空調迴廊。有時與從前的夥伴相聚，我們談起那些在海邊度過的夏天。但我沒有分享的是，那次歷險歸來後無數個夜裡，我睡著，從惡夢中驚醒，全身大汗淋漓像剛被打撈上岸。

有一個夥伴曾說，他以前站救生時，最期待的一刻就是下班前，欣賞夕陽映照產生的顏色變化。橘紅、咖啡、金黃跳動在晚風撩撥的水面。我聽著，畫面在腦海裡閃爍。那時的大海該顯得多麼美麗且無害。

山路練車

吃力踩著踏板，我忙不迭地用一隻手抹去額頭汗水。兩隻把手都已溽溼。眼前的上坡貌似即將結束。抵達盡頭，轉一個彎，卻又是一道新的上坡。我心裡連環叫苦。

近來流行單車，我也跟風，將腳踏車從通勤升級成鍛鍊用途。臺北市位於盆地中心，周圍環繞的山陵蘊藏無數練車路線。著名的如風櫃嘴、大屯山助航站、烏來、巴拉卡等。天氣晴朗時，開車行經故宮，往往可以看見許多身著花花綠綠車衣的同好，正在山腳下的便利商店添購補給。

大臺北地區人煙稠密，從住家前往山區練車，免不了得先挨過一段與摩托車、汽車爭道的驚險過程。往往還沒呼吸到新鮮空氣，廢氣就先吸飽了。但隨著路幅縮減，踩踏的阻力漸增，向路肩一望，突然已能俯瞰方才穿梭其間的高樓大廈，心裡也跟著得意起來。

上坡苦。但比起上坡，我更怕下坡。練車的路線，常常也是熱門的景點。身旁呼嘯而過的車輛常距離自己不到一隻臂展。筋疲力盡之際，仍不得分神。山路兩旁陽光無法照射之處常佈滿青苔。公路車又細又缺乏紋路的車胎輾壓其上，極易打滑。若欲避免之，又免不了要與路中央的汽機車爭道。下坡速度快，上身壓得幾近平行車桿的單車手，時速常常超過六十公里。幾次瞧他們幾乎貼著雙黃線過彎，掌心不免冒汗。

好的單車價格昂貴，從數萬到數十萬均屬平常。但說穿了，仍只是金屬骨架配上輪盤，前後再夾著兩具膠胎，畢竟還是肉包鐵。山區天氣變化多端，好幾次出發時豔陽高照，抵達山頂預備返程，斗大的雨滴卻也像排練好般準時開花。突逢壞天氣，騎單車下山是真正命懸一線，細瘦輪胎啣著柏油路面的那一線。遇到緊急狀況欲減速，如果煞車拉得過急，煞車皮死咬高速運轉的金屬輪框，將使得車子後輪打滑，車身劇烈搖晃進而失控。我曾因此吃過大虧，左手留下一道清晰的疤痕。欲避免這種情況，自然就得避免急煞。並且，倘若按了煞車，車身發生劇烈搖晃，就必須放開煞車。等車身回穩之後，再設法控速。這樣違反直覺的策略，在危急狀況下，必須克服心魔才有辦法做得到。

選山路做練車地點，為的是終點的風景，和克服困難的成就感。過程往往痛苦不堪。我奮力將用雙腳將自己和單車運上數百公尺高的目的地途中，最常閃過的念頭是為什麼我會在這裡，像薛西弗斯（Σίσυφος）一樣把石頭搬上山，而不好好在家裡吹冷氣享受冰飲。

與上坡奮戰的過程讓我想起學生時代，物理課總強調：欲抵達山之巔，你可以選擇坡度緩的路較省力，也可以選擇坡度陡的路較省距離，但你絕不可能省距離又省力。騎單車是，人生中的其他挑戰亦然。大抵是場公平的遊戲。不過，拐過另一個彎，我又突然醒悟：錯了。即使是為了抵達同樣的頂峰而努力，每個人的起點卻有高有低，各自不同啊。

一日雙塔

雙塔是條單車騎乘路線，從臺灣極北的富貴角燈塔到極南的鵝鑾鼻燈塔，約五百二十公里。如果能在一日之內完騎，便可稱完成一日雙塔。柯文哲醫師曾公開挑戰，陪騎的人一路來來去去，整個隊伍不斷變形，聲勢壯大，還有攝影團隊跟拍。雖然柯騎完了，但他花了超過一天的時間（二十八個小時多），並不能算一日雙塔。

我打算來湊一腳。若要問心無愧，就得當真在二十四小時之內完成才行。秤了秤自己的斤兩，我不由得緊張起來。花了大錢，請專業人士做單車 fitting（將單車各項結構，包含座管、握把，曲柄等，根據我的體型調整成騎乘最舒適的狀態），翻新所有裝備，包含車子、安全帽、車衣、車褲、馬表、照明燈等。從賽前三個月起增加訓練量，曾經在單月騎超過七百公里（不包含其他單車以外的訓練如游泳、跑步）。然後，分做三次，實地用單車將五百二十公里的路線從頭到尾探了一遍。探路當下，只覺得拆成三次騎，每一次動輒一兩百公里，都已經夠折騰了。連在一起真的騎得完嗎？

出發當天傍晚，我慢慢打包，搭大會提供的接駁車，到起點富貴角燈塔周圍等待，緊張到胃口盡失。

午夜十二點鳴槍瞬間，有一種不真實感：原來真的要出發了啊。當晚強風不斷地吹且風向不停變換，才不到一小時就有參賽者因側風而摔傷。我的隱形眼鏡被風吹到變乾、脫落。好不容易用沾滿汗水跟鹽巴的手戴上一副新的，跨上腳踏車，沒多久，新換上的隱形眼鏡再度噴飛。只好用一隻眼睛撐完剩下的數百公里。

凌晨五點，到苗栗通霄。記憶中該是人丁稀落的濱海小鎮，因為擠滿了參賽選手變得異常熱鬧。便利商店裡連站立都嫌擠。我上下眼皮快相黏了，將車牽到一座電話亭，不管地上傳來的濃濃尿騷味，一屁股坐在電話亭內就閉上眼睛，卻無法入眠。

事後檢討，我前半程衝太快，後半程漸感無力。經過空曠且無遮蔭的雲嘉一帶，正是豔陽放肆時分，我休息的頻率越來越高。到臺南，無預警降下一場暴雨。眾人在路旁屋簷等待雨停。雨卻遲遲不停，許多參賽者宣告棄賽。我的手機跟行動電源也被淋壞了，無法再查詢方位。高雄往鵝鑾鼻是最後的天堂路，當時已是濃夜，視線昏暗且血條觸底。我硬撐著，不再停靠路旁休息，花了四小時一口氣騎完一百公里，途中至少被數十個人超車。佩服這些人到末段還有體力加速。最後，雙塔驚險完成，二十三小時十九分，達成原先設定的目標。每小時均速二十二公里。

以往，雙塔都建議在秋天由北到南騎乘，搭東北季風順風。但今年的比賽日，即使是秋天，卻因臺灣左下角有一個颱風，攪亂了風向，北部剩強勁的側風。到了中南部，不僅沒有順風，反而還逆風。不過，正因為東北季風缺席，抵達恆春時，沒有落山風作亂，是唯一幸運。

完賽後，搭上往臺北的接駁巴士，我在出發地鵝鑾鼻一閉上眼睛，耳邊就傳來司機的廣播：現在我們抵達西湖休息站。在車上睡了六個小時，回到家，又睡了七個小時。隔天腳沒預期的痠痛，可以上下樓梯。但食慾遲遲沒有恢復。可能是比賽過程中，在便利商店喝了太多冰飲降溫，胃酸不斷倒湧。

這是我參加過耗時最長、最累的體育賽事。賽事本身，加上出發前的打包與枯等，總計有三十個小時無法闔眼，過程中卻得強迫自己保持警醒。腳下不停踩踏，一面用餘光掃描路旁小巷隨時可能竄出的摩托車。穿著卡鞋的兩隻腳最後腫脹到無法正常騎行，大腿瀕臨抽筋，腰酸，屁股疼到椅墊彷彿針氈，兩隻手麻刺痛。完騎雙塔後三個月，麻刺痛感仍未完全消失。返抵臺北，我檢查單車，發現把手已經歪了。看騎乘途中的照片，把手就已經是歪的。原來自己一路握著歪斜的把手騎了好幾百公里。這樣的自我虐待，一生一次足矣。但看網路上心得分享，許多人第二、第三，甚至第四次報名，我百思不得「騎」解。

撞擊與摩擦

我小時候不曾學過桌球，國高中課餘時間大多跟朋友一起打籃球。但漸漸地，覺得自己的體型不適合打籃球，且打籃球容易受傷。想到桌球似乎是個不錯的新選擇，也不受颳風下雨影響。於是，十八歲指考放榜的暑假，就選了家球館，請了教練，從零學起。

後來，發現醫學院也有桌球隊，但第一次去的印象不太好。當時剛進大學，趾高氣昂，覺得總該有人來招呼自己。等了又等，等不到學長姐，就自己抓了拍子跟朋友占了球桌，打算過癮一番。

「學弟，你應該先去練多球。不是一開始就找人PK。」有一個戴著眼鏡的男生走過來，開口就指正我。

「誰規定的？」我也不客氣反問。

「我規定的。我是隊長。」

因為這個不快的回憶，加上剛升大學，實在有太多新鮮好玩的事情可以做了。我一、二年級，練球總是有一陣沒一陣。直到進了大三，搬進醫學院的宿舍，才開始真正規律的練習。

練球的日子，挫折感總是大於成就感。我既沒天份，也沒付出過人的努力。現在想想，贏了是幸運，輸了是必然。但心高氣傲的我並不懂這點。總以為練了就該獲得代表球隊上場比賽的機會；沒有上場比賽的機會，就埋怨自己不受重視。學球讓我醒悟，世界並不是繞著自己運轉。

又，我向來認真但刻薄。回頭來看，求學之路堪稱順遂其實是受了許多小幸運眷顧。但我從前卻不自知，以為都是憑自己的努力，也因此無法諒解為什麼有的人就是不努力把事情做好，甚至拖累整個團體，時常不留餘地的指責他人。大五那年，我跟桌球隊的大家一起去參加校際比賽。準決賽，七點搶四點，前面的六點我們隊伍三勝三負，打第七點的我突然變成關鍵點。我勝了前兩局，之後，我因為緊張全身僵硬，從手臂肩膀到軀幹，完全無法放鬆。拉球怎麼拉也拉不進。第三局，我輸了。接著第四局，又輸了。隊友們開始擔心，喊我的名字，叫我不要急，慢慢來，想一下。但我越想放鬆，就變得越緊繃。越想拋開比分的落後，就越揮之不去。一路苦撐到第五局，最後我兩勝三敗輸了。

首先是「終於，我可以下場了嗎？」的如釋重負。接著各種情緒席捲而來，難過、自責、懊悔，抬不起頭。我的隊友中，有人滿心期待晉級，對我的失敗感到憤怒，別過頭去不講話；但也有人反過來安慰我、鼓勵我。現在想起來，當時的勝負舉無輕重，但身為團隊的一份子，所接受到的各種失望與關懷至今我都深深記得。從那以後，我再也不敢責怪任何一位比賽失利的隊友。

說穿了，桌球不過是一連串撞擊跟摩擦的組合。困難之處在，要於短暫的瞬間判斷並決定何時要撞，何時該摩。在桌球館，可以觀察到各式各樣的球風，某種程度反映了每個人的個性。有人只練拉下旋球跟推擋，發球也只發下旋球一種。但他把拉下旋球跟推擋練到幾乎不會失誤，且他發下旋球有一定的質量，普通程度的對手只敢把球給切回去，回球相對好預測。他使這寥寥幾招，不求取勝高手，但一定程度以下的對手，便十拿九穩；有人嗜練花招，敢使很多種發球，但失誤率高。回球總是拼一記猛力的大板，若進入連續來回對抗往往就敗下陣來。這樣的人手感發燙時，有機會勝過不熟悉他球路的高段對手，但也常輸給一些初學者。

畢業後，大家接連進入職場、組織家庭。桌球場上的勝負，對許多過去分分必較的戰友而言，已經成為雲淡風輕的回憶。但我始終覺得放棄可惜，一直苦撐至今，即使心裡知道有許多比把球練好更重要的事等待我去精進，也陷入無數次本業與本業之外的掙扎。從十八歲正式學球起算，已過了十幾年，我球仍打得不好，只敢稱呼自己是桌球愛好者。但從毫無基礎，到成為一位桌球愛好者的這些日子裡，我體認到除了原本的個性會塑造球風，學球本身，更像是一段不斷反觀映照自己內心的旅程。到底什麼是最重要的，努力是否一定會有成果，不如預期時又該如何自處，人生的優先次序為何……學球帶給我的，不知不覺已超過熟習這項技藝本身。

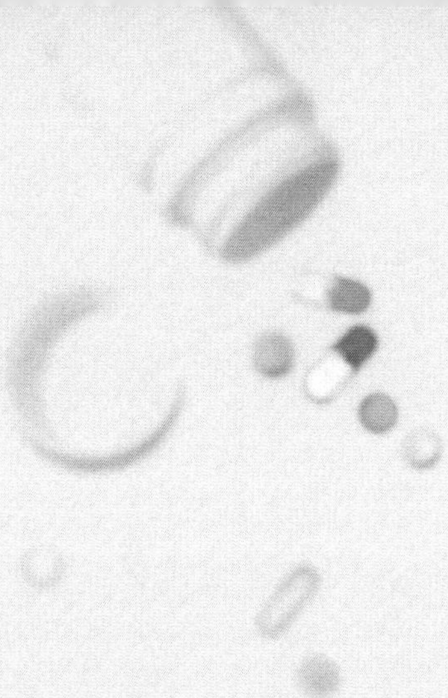

門縫裡的光

掉藥

六角形如龜殼狀的，和另外一顆黃色小圓錠皆用來調整血壓；中間有個凹槽的負責控制血糖；粉紅色如草莓口味則司降血脂。六角形每天早上飯前吃一次；有凹槽的早晚各吃一次；黃色小圓錠依三餐飯後服用；粉紅色的，務必在睡前吞下。我撕開紙袋，辨識清楚後，將各色形狀輕輕倒入白色半透明的格子裡。

母親七十歲，仍精神矍鑠。晨起第一件事是跪著用抹布將三十坪見方的的瓷磚地板仔細拭過一遍，因為她嫌拖把拖不乾淨。接著步行到兩條街外的公園打太極，再掛著滿身汗去市場。

母親身邊的朋友以為她身體健康如故。她的祕密，直到我有日陪她到里長家串門子，見到人家新買的血壓計好奇一試，才曝了光。母親推說因為方才走了不少路，椅子都還沒坐熱。但我隔天一早，立刻帶她去掛了家醫科門診。

完成一連串的抽血、驗尿，母親突然變成慢性病纏身的老人。但她總把高血壓錠當頭痛藥吃。控制血糖、血脂的藥丸更有一頓沒一頓。她說，這麼多種，誰搞得清楚。我說，好，我就來幫妳搞清楚，遂買了藥格，研究起那數大包藥袋。之後回家，見母親忙進忙出，問，有沒有乖乖吃藥。母親卻堅稱，她沒病。吃藥不是在治她，是在治療數字。我秀出書上寫的，三高控制不佳將導致心肌梗塞、腦中風、眼盲、截肢。母親回，大半輩子都要過完了。快活五年，勝過被關二十年。

母親不吃藥，好像這樣就可以當作自己全無痼疾。但把她困在二公分見方的藥格裡，卻又讓她鎮日擺著一副苦瓜臉。我糊塗了。自己關心格子裡的藥錠，是否勝過關心母親的快樂？

衝突未解，與母親的旅行卻已來臨。幾個月前就已說好，我要帶沒有出過國的她，去日本走走。

剛過一宿，隔天坐上遊覽車直奔下個景點。接近中午時，我問母親，妳的藥盒呢？她伸手往包包裡探了幾下，說找不到。我急了，接過包包將裡頭事物全部倒至坐墊上頭，引來周遭團員側目，卻仍不見藥盒蹤影。大行李箱早上我才檢查過，心想八成是忘在上一家飯店。走到前方細聲問導遊是否有可能掉頭。導遊說不行，會趕不上接下來的渡輪。

我垮著臉回到座位，說：這下怎麼辦，七天份的藥哪！妳每次都這樣，到底是我生病還是妳生病。母親靜靜聽完。我正準備再多說些，看見她的臉，突然什麼話都說不出來了。臂膀貼著母親的肩，我捏了捏她的掌心。母親回握我的手，卻不好意思直視我的眼睛。她緊盯著膝蓋，最後緩緩地說出一句：對不起。我聽見，眼淚就掉了下來，好像自己才是做錯事的孩子。

框

父親一九四五年於南京出生，恰巧夾在抗日戰爭勝利與第二次國共內戰之間。之後短短三年，國民政府軍在消耗戰中愈退愈後。一九四八年六月，解放軍在豫東戰役攻下開封，殲滅國軍七十五師。毛澤東隔月稱，解放戰爭好像爬山，現在最吃力的爬坡已經過去。豈料一語成讖。

遼瀋、淮海、平津，國軍命運的落款只欠首都一捺。一九四九年初，傳言解放軍即將渡江，祖母收拾細軟，抱著父親就往人潮擁擠的港口鑽。當時有艘名叫崑崙號的軍艦入港。官方宣布這艘船只運送往臺灣的故宮文物，眾人像沒聽見，搶著登船，稱自己是海軍眷屬，最後送上船的民眾比古玩字畫還多。祖母和父親也在其中。他們不知道過兩天平津會戰將使共軍告捷，國軍告結；也不知道，接下來幾個禮拜他們就要被困在大海中央，進退維谷。

後考，崑崙號艦長企圖投共，副艦長勸說阻撓。船上所有官兵與平民隨艦長的意志在航道上徘徊，幾番掉頭而復前行。最後食糧耗盡，船艙內盡是排遺和嘔吐物的味道。孩童的哭嚎聲一開始引人翻來覆去，後來就慢慢聽不見了。祖母為稍解父親的飢餓，解開衣襟，讓父親吸吮乾涸的乳頭。最終他們撐過了這道難關，如解放軍撐過掃蕩與兩萬五千里長征，旗幟一個接著一個插滿整片秋海棠的沃土。

沃土，不知當時是否也有人如此稱呼即將靠岸的島嶼。即使有，與其說是陳述現況，不如說是暗自祈禱。人人心裡明白，離開的跟踏上的，失去的跟落腳的，兩者有太大太大的差距了。祖母提著一只皮箱，牽著一個孩子，沒一位認識親友，順國民政府的安排暫居新搭建好的眷村，地點位於今天新北市三重。不到六坪的底矮平房，用簡單竹籬笆當建材。夯土牆包覆白灰，依屋脊縱分為前後兩戶，兩戶人家共用一間廚房。雖然有水電，屋內卻沒有衛浴設備。廁所是一起使用的公廁。房舍與房舍之間不存在隔音，每天發生的大小事前後左右盡皆通曉。每到月初，所有人持補給證，到村中的活動中心排隊領生活物資。對於沒有額外薪餉，全然仰賴配給的祖母與父親，發放的食糧與日常用品往往不夠滿足全月所需。一旦告罄，月底只能待善心鄰居施捨。受苦的日子讓人很難想像，三個世紀前，移民前仆後繼冒著生命危險橫渡黑水溝是為了開創更美好的生活。後來，祖母靠一張板凳、一架租來的腳踩式縫衣機，日夜就著刺眼的鎢絲燈泡細細裁布與車縫，才有了收入。父親便在腳踏縫衣機發出的唧唧呀呀聲中轉醒、入眠。九歲，父親過了早該入小學的年紀才入小學，唸了幾年書卻又中斷，後來也沒再復讀。原因是什麼，我問過，卻得到相互矛盾的回答。或許實情無法以言語傳達清楚，但也難以遺忘。而他終將在無法說完全的情況下，獨自懷抱那樣的傷痕直到生命結束。

匱乏環境底下，大家患難與共。糖、米、油、鹽等生活必需品，穿過竹籬笆中間的縫隙，連同如何在夾縫中生存的情報跟資訊，於各戶間互通有無。不知何時，眷村外的大馬路旁開了家照相館。祖母從未照過相，但聽人說這行業很有發展性，便拜訪店家，央求把十幾歲的父親收做學徒，豈料一做就是好幾十年。

母親說，在彩色底片普及前，她時常目睹父親手持鋁管，一筆一畫，為黑白照片的人物添上紅黃綠紫。我小時候，尤其喜歡看父親處理一捲捲的底片匣。底片要送到暗房捲片前，必須先用抽片器把它自底片匣中抽出。抽片器的模樣和開罐器很相似。同開封後就走味的零嘴，底片匣裡密封的也是容易犯潮的回憶。父親會將抽片器前端的兩枚片頭插入底片匣入口，再緩緩旋轉底片匣。直到聽見清脆的「喀擦」聲，同時將抽片器慢慢回抽，就發現底片頭也跟著被拉出來。

只有當我興趣盎然地問起古老相機的原理，沖洗藥劑的配方，還有為何攝影師得先把一塊黑布覆在照相機上才按下快門，諸如此類的事，父親方簡短回答幾句。其它時候，父親大多像暗房一樣安靜，像底片匣一樣充滿祕密。曾聽母親提起，父親年輕時除了做學徒，週末也到其他店家打工，認識了一位小姐。之後他邀請對方到家裡，卻被祖母用掃把趕出來。父親年過而立，祖母依舊叨念他遲歸，拆兒子信件，親自接每一通來電。父親後來從一手扶植他的店家那兒接手了照相館，經濟穩定了，向愛人吐露心意。等到他結婚時已四十二歲。我很想問但始終不敢問出口的是，母親是否就是被祖母用掃把對待的那位小姐？

　　我從未見過父親大笑、哭泣，放任情緒起伏。有時，我反而希望他大聲罵我和母親。我總覺得，與父親相處，彷彿凝視一張父親的相片。他像古早年代鮮少見著相機的主角，在鏡頭前想微笑，卻無法真的鬆懈嘴角。他應該蘊藏了相當多心事，透露給旁人卻像是施捨。我好奇的那些空白，或許在他眼裡，都是人生中一段段難堪的曝光。每想探問，就如同貿然掀開暗房的門簾般，動輒得咎。

後來，負責預浸底片罐、稀釋顯影藥水，和風乾底片的，又變做單獨的身影。年少的我曾怨恨父親為什麼不積極把母親留下，到很晚我才明白要努力去綁住一個人的心，才知道什麼叫無能為力，就像一廂情願希望人們用過數位相機，還願意回頭選傳統底片。只消坐在電腦桌前，移動滑鼠敲幾個鍵，影像編輯軟體便能掩蓋因採光不佳、快門速度不對所產生的瑕疵。或許總該走到這麼一步，父親收起一疊疊盛膠卷沖洗液的淺盤，將裝黑色底片捲的無數小圓筒、恆溫箱裡的顯影藥水罐蒐集成袋。拉下鐵門，暗室裡的紅光熄滅，回憶被貼上價格。一張又一張的相片，人物笑容與景色凍結，但沒有顯影劑的固定，框外的每分每秒都在崩解流失。

一九八〇年代，父親用工作攢下的存款，連同其他眷村的老住戶，雇用國防部介紹的承包商將老朽竹籬房舍改建成鋼筋水泥建築。十多年後，改建後的眷落仍屋況良好，卻又因國防部的一紙「老舊眷村改建條例」立馬被劃定為預定拆除區。他被逼著搬離待了幾十年的家。父親不是軍人，又非軍眷世代，無法辦理眷戶購宅補助，或得到搬遷補助費。當年他被祖母牽著抱著離開家鄉，如今又再一次由不得自己作主。失去了住宅，全臺房價齊漲，父親的終身積蓄不足讓他購置一幢足以棲身的寓所。我第一次見父親將滿頭霜髮染黑，四處騎著機車，讓房東們以為，他並非那麼老，願意和他簽一年約看看。

浸泡藥水、風乾前，永遠不知道底片上的潛像會化做美景，還是一團模糊、難以辨識細節的泡影。但我們所能做的，也只是在悉心構圖後，就著那一瞬間的光，不猶豫按下快門。

每隔幾年，島嶼內就會掀起一波炙熱選戰。任何有關海峽另一端的評論，又進一步撥撩居住在這塊土地的人們高漲的情緒。如今，父親鎮日陷在搖椅內，面向窗外慢慢搖晃，對這個島嶼和對岸發生的一切表現得很漠然。我問父親想不想回大陸看看。他說以前總覺得自己不屬於這兒，但現在回去，那邊也沒有認識的人了。

父親沒事總手拿一個相框，那是他和母親少數幾張合照之一。他不斷用拇指輕輕搓去上頭不存在的灰塵。發現我站在後頭，父親突然轉過來喃喃地說：「你看，都發黃了……。」我看過許多父親的攝像作品。這些相片常存在因銀鹽分佈不均，或水質因素，而產生的白色與黑色顆粒；後期漸漸有了彩色相片，色彩也不鮮豔，和數位相機的產物比起來並不漂亮，卻有著獨特風味。

我以前總覺得父親與眾不同，但現在發覺，他不過跟所有人一樣，一直在尋找一個可以讓自己安定下來的地方。聽聞他過去的人常面露驚訝：父親講話與臺灣人無異。但或許隔開他與其他人的，本來就不是口音，而是他自己在心中劃下的界線。我看著他與母親的老照片，突然想掉淚：父親幫人攝了一輩子的相，我倆卻沒有任何一張屬於我們自己的合影。至少我還可以是父親的依靠吧，我將雙手輕輕覆在父親的肩膀，一緊一鬆交替按摩時這麼想著。直到輕微的鼾聲從搖椅上規律傳出，才發現父親不知何時已閉上眼睡著了。

一日兩回的時光旅行

以前搭父親的車上下學。關起車門，裡外立馬被分割成兩個世界。我用我的聲音填滿車內，父親多半只是閉著嘴巴。

雖然只要搖下車窗，這樣的分隔就被破壞了，但父親不喜歡我坐車開窗，我只得繼續用鼻尖頂著玻璃，窺看外頭默劇。外頭的人聽不見我的品頭論足，車內的我聽不見外頭的爭吵嬉鬧。

偶爾，我上車的時候會發現車裡正播放音樂。這時我就知道父親不希望我打擾。即使有再急著分享的事，我只得按耐著，聽著那片CD。即使我已經不能再更熟悉：音符降落在哪一樂章的哪一段落，我們就將抵達家門。

就連時間的流動，也在我關上車門後，立起一道高高的水閘。車輪旋轉，我和父親接續上車前的時空，但車外的流動卻加速了。看！路旁哪樣景物不是瞬間被我們拋在後頭？過了下個轉角，就再也望不見。

上車，下車。日子一天天過去，我拉開門把，躬身投入那急速運轉的世界。以前抱怨學校生活一成不變。出了社會，卻懷念起以前只需埋頭苦讀的日子；遇到的房東像約好似地，租約還沒到期，就露出抱歉的表情說房子要出售，請找下一間；愛人要我等待，卻奔向遠方的國度。現在我反而希望生活能像車內那張永遠不換的CD，打著固定的節拍，雖然無聊，至少讓人安心。大多數時候我仍舊只能強迫自己跑起來，追趕早一步開走的公車，追趕高不可攀的房價，追趕我不希望離開卻還是離開的人。

再也沒有機會搭父親的車上下學了啊！我想起以前晚自習結束，站在校門口張望。雖然知道在家裡迎接我的，總是試卷跟明天隨堂考的預習，但看見熟悉的黃色方向燈伴隨銀色車影出現時，心中還是會浮現小小的開心。

阿公！欲做莊嘸？

坐在車子前座，突然背後有人輕輕拍了拍我的肩膀。轉過頭去，發現原來是外公。他手裡拿著一只外頭包著金箔，元寶形狀的巧克力要遞給我。我有些詫異，遲疑了一會兒後，大聲說了聲謝謝，卻沒有收下。外公皺癟的雙唇微微張合著，看似不知該如何反應，一隻手就這樣懸在半空中。

母親有點尷尬地笑了笑。「你就先拿著吧！」她說。並放大音量轉過頭去對坐在一旁的外公道：「爸，這係我驚你呷藥仔苦，欲給你配一個甜的啦——剛才毋是才給你講過？」外公沒有回話，只是怯生生地把手收回來，整個人縮到位子上，像犯了錯的小孩。

我轉回身子，聽見後方傳來一聲輕輕的嘆息。

接到那通來自鄉下外婆家的電話是兩個月前的事。

根據母親的轉述：外公變得語無倫次，還忘東忘西，最近的事都記不太起來。外婆對此很擔心，希望爸媽能回南投探望。

忘了是在當地秀傳醫院還是回臺中做的檢查，結果證實是阿茲海默症前期。醫生還說外公的症狀十分典型。一般來說，這種病的患者是無法好轉的，只能透過藥物控制和加強精神方面刺激來延緩病情惡化。

外公本就沉默，尤其是在牙齒掉光後。到後來我根本分辨不出那些出自他口中，我無法理解的呢喃，是因為腦神經退化所導致，還是因為他牙齒掉光使得他根本無法把話講清楚，即使他想要。

這不禁讓我懷疑：過去在多少吃力的瞬間，在他的腦部結構真正出現問題之前，他嘗試要把一個完整的意思，一句完整的問候傳達給我們聽，卻被自以為聰明的我們所忽略。於是，他越來越自卑，也越來越傾向逃避，自我的退化最後終於變成真正的退化。

外公在臺中接受診斷的期間便輪流在眾親戚家中居住。之後有一陣子，為了要在臺中的醫院製作假牙齒模，外公便移駕到我家起居室。某天下午，我自外頭返家，一進入客廳便看見外公扶著桌子、椅子，緩緩地迎面向我走來。接著，他含含糊糊地說了一段話，我只聽出其中似乎有我的名字。

「外公在問你剛才去哪裡啦，是不是去學校？」母親的聲音突然從樓梯口出現。

「喔！毋是啦，阿公。我今麥是在放寒假……。」

外公眼神呆滯地看著我，聽到回答前後沒有任何不同的反應。

「外公他老了，耳朵重聽，你要講大聲一點。」

但我根本懶得把話再重覆一遍。

「喔……啊阿公你先去裡面休睏，我欲來去樓頂讀冊啦！」

說完我便閃身離開，一次兩階快速地跨步上樓。走到轉角處，我停下腳步偷偷探頭去看站在下方的母親，原以為會發現她瞪著我瞧。但，沒有。母親只是用哀傷的眼神注視著依然呆在原地，不知所措的外公。

我想起外公的過去。他是個喜歡賭博的男人。初二回外婆家，如果當天晚上發現外公不見了，一定就是在附近鄰居中的某一家，隨著骰子的匡啷聲興奮地吆喝。即使是跟兒孫玩，他也絲毫不讓步。每次我們幾個小孩連同舅舅叔叔們過年一定會拱外公出來做莊家。因為不管是十點半還是比大小，他那精明的問話和饒富趣味的動作，總是為年節增添了幾分歡樂氣氛。「押卡多啦！賣這樣吝惜啦！」「不驚死，還要牌，我看這個一定係半點ㄟ」「看你押這裡多，第一個先抓你！」讓全部的人都捨不得離開牌桌。只是，最後當我們幾個表兄弟輸得落花流水，只差沒脫褲求現時，外公總會從他面前用來裝錢的鐵便當盒中拿出一個五十塊的銅板或者是一張一百元的鈔票，默默地遞給我們。母親告訴我，那是外公讓你們「吃紅」的！

今天晚上回家，看見外公一樣坐在椅子上，廚房裡開著電視，但他的視線卻完全對不上螢光幕，只是沉默地望著前方的冰箱。默默地任罐頭笑聲被捲入排油煙機裡，隨著煙霧傳送到另一個離他好遠好遠的世界去。

我關上門。油煙的味道讓我作嘔。

很快地，外公的地位便如同他的身軀日漸萎縮。

所有人開始認為：只要講的是流利的國語，只會說臺語，腦袋又不靈敏，甚至還重聽的外公就可以被視為空氣。從南投載外公回臺中的車上，母親和父親毫不掩飾地說說笑笑談情話；晚飯桌前，家裡的氣氛從不自在的五人聚餐變成自在的分割。四比一再加上人數多的一方還占盡優勢，我們一家人繼續過著以前的生活。除了母親以外沒有人會私底下找外公攀談，諸如和牙醫約診等和他相關的大小事皆由母親一手包攬。

寒假外籍老師要來家裡教授英文。剛好有一天外公因為要試假牙必須住在我們家。我明知那天舅舅家裡不方便，卻還是要求母親想辦法在我們上課時把外公送到舅舅家去，說外公如果在我們上課的時候走到客廳，被老師和同學看見會「不太好」。母親聽了只是淡淡的對我說：「沒辦法，舅舅他們是真的不方便。」我聽了有點生氣。原先預期母親聽了會責罵我，並義正辭嚴地告訴我說：「那沒什麼好丟臉的，他是你外公啊！」但母親的口氣聽起來就好像她在某種程度上認同了我的想法。我轉身踏步離開，矛盾的心結卻像口香糖，仍固執地黏在滿佈溝紋的鞋底。我不想親近外公，心裡卻又隱隱覺得自己似乎虧欠了他什麼，便把責任推給母親，希望母親能盡全力去照顧他，卻又在覺得母親沒有完完全全為外公著想時，藉由對母親生氣來為自己的自私找出口。罪惡感就這樣踐踏我的心，一條一條。我的心是滿佈溝紋的鞋底。

外公齒模作好後隔天就要回南投了，便在我們家享用最後一次的晚餐。當天與其說父親是在飯桌上和外公聊天，不如說他是在調侃外公。譬如當母親夾一塊魚到外公的碗裡，對他說：「爸，這款魚真好吃喔。」父親就會接話：「對啊，這款魚有夠好吃哩！一條要一千塊，一世只能買到一次哩！」逗得母親是呵呵笑，而外公看見周圍的人都在笑，自己也跟著笑。

過了一會兒，母親突然若有所思地看著碗裡的飯菜，接著便向著對面的我說：「我突然想起小時候啊，我們幾個小孩子看到我爸爸碗裡有什麼好吃的，就會把筷子伸到他的碗裡面去夾，而他從來就不跟我們計較。我爸爸就是那麼疼我們。」

我突然想到過年賭錢時外公的那只鐵便當盒，和他給我們「吃紅」時臉上笑嘻嘻的神情。

而現在，坐在對面的外公，臉上不也掛著一彎微笑嗎？

於是，我停下筷子，清了清喉嚨，用不甚標準的臺語大聲向外公問說：
「阿公，今年過年，你講無想要做莊嘸？」

失語症

病床上的外公看見我們立刻堆起笑容，雙頰卻依舊深深凹陷。

母親說，他都還記得。「只是不知道怎麼表達而已。」她蹲下來，扶坐起自己父親，用湯匙舀起一匙匙甜湯，輕輕送進他凹陷的嘴裡。努力吸吮湯水的外公，發出咻咻咻的聲音好像在附和。

母親又舀了一匙，但外公似乎飽了，硬生生把嘴閉上。我趕緊抽張面紙攔截溢出的湯水，咖啡色汁液卻還是循著唇角周圍縱橫交錯的皺紋漫漶至下巴、前頸，弄髒了白色圍兜。

去年我們搬了新家。喬遷之喜的匾額還罩著透明封套，我卻已經開始懷念只有三十坪的舊公寓。爸曾說，住在一棟透天厝裡是他的夢想。可是，在全家搬到這兒後，幸福並沒有如他所想像的隨坪數擴大。從前一家四口在冬天圍坐著吃火鍋，高密度且燙手的凝聚現在隨著向上四層向下一層的空間拓展、拉寬，變得稀薄。曾經觸手可及的，卻被一扇扇房門阻隔在外，逸散在通道迴廊間，像火鍋表面冒出的白煙。

等到所有人驚覺，外公已經躺在病床上，變成一個沒有人幫忙翻身就會長出褥瘡的老人。以往農曆春節，他總是做莊家，負責吆喝家族大小成員前來擲骰子押錢。最近幾年，外公開始在賭桌上出錯。大家以為，他只是老糊塗了。直到接到來自鄉下的電話，外婆氣急敗壞向母親連珠砲似地抱怨，妳爸爸老番癲啦忘這忘那。焦急的母親連同父親趕回鄉下將外公送至秀傳醫院。鄰居告訴母親，外婆在外公犯錯時辱罵、毆打他。外婆無法理解外公的行徑，肇因於一種她不曾聽聞的疾病。但她也不給解釋的機會——如果外公懂得解釋的話。支支吾吾換來白眼和冷漠，一次次身不由己的跌倒、弄翻水杯和遺忘事項，受到的不是同情而是肢體報復。膽怯先一步攻克了他，自我的退化終於變成真正的退化。

舊家，我們的書桌擺在同一個房間，爸爸待在房裡的時候我在他背後寫參考書，弟弟坐在我右邊看故事書。隨著年齡增長，我益發希望享有私人空間，新家滿足了這個夢想，卻也讓一家人每天相處的時間縮減至只有進晚餐的一個小時。之後媽在廚房洗碗，爸到地下室不知做些什麼，弟弟看電視，我回到三樓的房間。關上門，一切動靜就像隔壁鄰居傳來的人聲。

日子過得越久，我越不敢肯定其他人在做些什麼。確信的逐漸變成了猜想。弟弟可能在看電視，也可能根本不在這棟房子裡。巨大的空間變成了屏障，我們以為自己對家人的關心能跨越這道屏障，但實際上我們連踮起腳尖測測這道牆的高度也沒有。否則我們不會只依賴門栓轉動的聲音來判斷弟弟什麼時候回來了；讓每一天僅僅能夠相聚的一個小時失守。每個人挾了飯菜，就移動到電視，電腦或報紙前去各自咀嚼。

終於，有一天，三樓的馬桶莫名其妙地堵塞，怎麼清都沒用。母親請工人來維修，堵塞物一清出來，全是咖啡色的香煙濾嘴。我們全嚇住了。弟弟從什麼時候開始抽菸的？

母親和我現在每個禮拜都到安養院去。外公每次看到我們都露出相同微笑，久了竟令人不忍睹視。但母親最近有個新主意，她在床沿接過外公的手心，不斷用食指在上面寫自己的乳名「英」，一筆一劃，宛如春日微風刮過新生的秧苗，一面喃喃自語：「阿爸，英哪，英來看你咧。」像是對小時候的我和弟弟。只是現在，是對自己的父親。

我一直以為母親性急，但她做這件事卻展現無比耐心。穿越窗簾縫隙的光線不知跨越幾道欄杆，她才鬆手，攤開自己的掌心，接過外公的食指，在他耳邊喚道：「阿爸，英哪，會寫否？英哪。會寫否……」經過漫長得好像要蹦出一絲希望的沉默，回答通常卻只是穩定而持續的鼾聲。

但有一天，母親鬆開掌心，吐出那一千零一句的問題，外公的手竟悄悄移動了。他穿越細細的欄杆，食指在母親手心上輕輕地點了一下，然後橫移了一小段。提起，落下，復點在母親想必已汗涔涔的掌中央，快速地向下滑了幾公分。

「你看，你看，他一定是想要寫艸字頭！」母親全身上下連聲音都在顫抖，只有右手掌小心翼翼，保持在相同的位置。

段考過後，弟弟的成績單寄來家中，父親看了一眼。晚上，他把弟弟叫來臥房——帶著書包。

「唸這個，有這麼難嗎？」父親斜睨了一下裡頭的英文參考書。「我以前這個也學不好，現在已經忘光光。好，沒關係。從今天起，我陪你唸！」

之後，每天晚飯結束，父親就會回到臥室，把門敞開。每隔一會兒，他還會故意探頭出來，看弟弟有沒有下去一樓看電視，因為這樣，弟弟途中就一定會聽到朗誦ABC的聲音。

我原本以為父親只是三分鐘熱度。但沒想到，一個星期過去，接著是第二個星期，父親依舊固執地念著那本跟我借的國一英文課本。三個星期過去，然後就快要滿一個月了。我發現弟弟晚餐快結束時總有些坐立不安，但父親什麼也不說。他只是不間斷自顧自地讀。

終於，有一天，弟弟走到我的房間問我：「哥，這一頁的單字你帶我唸過一遍好不好。」

於是，為了治療失語症，從現在起每天都有兩個人於晚餐後在各自的房間裡攤開課本，重新開始，咿咿呀呀學說話。

門縫裡的光

兩支指針相繼爬行至頂點，重疊，分開。午夜了，我想起二樓門縫裡的光，不知它是否還在？

躡手躡腳走下樓梯，一步一步，像夜色在鐘面留下間隔相等的足跡般謹慎小心。時間不希望被人察覺它緩慢纖細的移動，而我亦然。

只是這種刻意通常徒勞。母親往往沒那麼早睡。但當我走下樓梯，在轉角間覷見那熟悉的門縫時，還是希望看到的，會是一道黑黑的線。

從我國小開始，每星期六下午，母親總會騎那臺偉士牌機車到工業區批一箱家庭代工的原料。電子零件、玻璃球到聖誕燈泡的組裝她都做過。小時候，坐在家中藤椅上幫母親接聖誕燈泡的旋鈕，一千顆一包，每包十塊錢。頭頂上的吊扇一面轉一面敲著「喀、喀、喀」的節拍。中午「天天開心」的節目裡有很多人唱歌，眼睛盯著指尖的零件，明星的嗓音和臉我永遠對不起來，歌曲旋律混雜著窗外蟬鳴，時而清晰，時而隱沒在唧唧聲中。沒有對話，母子倆度過了無數午後，秋夏春冬。等到太陽過天頂，迅速又帶點遲疑地，夕陽的昏黃籠罩客廳，像偷偷蓋下的紗布，像一張緻密難以掙脫的網，像時間，不希望被人察覺它緩慢纖細的移動，儘管它確實在走。

除了家庭代工，母親還有市場的生意。冬天日出較晚，常全身還裹著厚厚棉被時，我就被母親窸窸窣窣的準備聲吵醒，抬頭看窗外是黑的，我倒頭又睡。母親通常中午返家，睡一場好長的午覺，起來後馬上接著組裝零件。我時常埋怨自己不能像其他小朋友一樣出去玩，有時會突然湧現一股衝動，想把堆放在角落那好幾箱原料扔進垃圾子母車，一勞永逸。

可母親沒有一勞永逸的選擇。甚至有時，連付出勞力都未必會得到報酬。

國三時，母親換了一家號稱利潤較高的家庭代工，但當她把做好的半成品拿去工廠時，工廠的人卻突然不要了。後來我們才知道：有的工廠會藉口瑕疵率太高，對家庭代工者完成的東西百般挑剔而拒收。實際上則是這類不肖業者根本找不到販售成品的管道，或者當初就只是想把原料賣給家庭代工者這個冤大頭。最後我們只好自行吸收那一箱做好的半成品。

心疼母親之餘，我竟認為她就是因學歷不高，無法覓得較好的職位只得揀勞力密集的代工來做，才會被人欺負。我從此力爭上游。被人操弄的恥辱，就像小時候自己厭惡的，那一箱箱擺在角落的家庭代工原料，沉甸甸壓在心頭，每每想起就會喘不過氣。升上國中，生活變成白天上課，晚上把自己關在房裡唸書。本就不多話的母子兩人交集剩下沉默。八點過後，我只聽得見樓下傳來模糊的連續劇對白，和自己翻動書頁的沙沙聲。有時母親會上樓敲我的房門，提醒我早點睡。她的關心與我的回應永遠隔著一層薄薄的木板。有時我會懷疑：對母親來說，我的存在是不是只等同於門縫底下那道光？

升上高中後，母親繼續接家庭代工。「我現在會揀卡有保障的公司啦！」她總如此回應我的疑慮。為了支付高漲的學費，母親接了好幾家工廠的工作。年老，再加上我無法像以前一樣幫忙她組裝，她的就寢時間一再往後延，效率卻不斷下滑。某個星期六，母親照例騎車去工業區取新的原料，順便把這個星期做好的半成品運到那兒。但我發現她返家時，做好的東西卻原封不動地被載回來。我以為之前的事重演，但母親支支吾吾地說這次是她自己的問題。我拆開那箱半成品才發現：大部分的東西，螺絲都未拴對位，有的還組錯。最後，母親吐實自己已為老花眼的問題困擾許久。

高二時母親偶爾抱怨自己沒力氣，頭痛，還時常感冒，有好幾次甚至因此不能去市場工作。我有點惱怒：之前每次叫她休息她都還是要硬撐著把工作做完。到最後我下樓輕敲母親房門要求她早睡時，心裡都帶點賭氣的成分，覺得除非母親生一場大病，否則她永遠不會學乖。

最後果真有回母親發燒到三十九度，必須到醫院掛點滴。病床前，我和醫生聯合苦勸她多休息，她才口頭上允諾自己以後會早睡。

「那我以後十一點就到樓下檢查喔！」我故作嚴肅對著躺在床上的母親說，還做了張鬼臉。母親嘴角微微上揚。我手伸進被單，輕輕地用拇指搓揉她長滿硬繭的掌心。

之後，我讀書讀到一半時總會想起母親。躡手躡腳走下樓不想驚醒可能已經熟睡的她，直到從轉角的地方望見房門底下的縫是黑的，我才又高興地上樓去。就這樣過了幾個星期，也不曾再聽母親抱怨自己的疲倦。

但做好的半成品還是每個星期六一箱箱被擺上機車運往工

廠。我懷疑她家庭代工的工作一直沒停過，但卻不知道她是利用什麼時間做的。

某天晚上，當我正為一題困難的物理發愁時，突然聽見樓下傳來劇烈的咳嗽聲。我趕忙下樓，到廚房倒了杯開水。門縫是暗的，我試想母親已睡了，極輕極輕地轉動門把。正當門的側面露出一條縫隙時，我竟然看到光線從裡頭透射而出，而底下，似乎有什麼東西——

是坐墊。

母親把坐墊對折塞在房門底下。她用這種方法騙過了兒子，卻騙不了自己的身體。只見母親趴在桌上，背部劇烈地起伏著。我遲疑了一會兒，然後，走向前。她抬起頭，露出羞赧的表情。我放下水杯，彎下腰，微微拍了拍母親的背，附在她耳邊悄悄地說：

「媽，我看妳今天還是早點睡吧。讓我幫妳把剩下的東西做完。」

有人說，媽媽就像太陽一樣。我知道，那才是從門縫裡透出的真正光芒。

釀文學285　PG3009

掉藥

作　　者　陳彥誌
責任編輯　孟人玉、吳霽恆
圖文排版　許絜瑀
封面設計　魏振庭、王嵩賀

出版策劃　釀出版
製作發行　秀威資訊科技股份有限公司
114 台北市內湖區瑞光路76巷65號1樓
電話：+886-2-2796-3638　傳真：+886-2-2796-1377
服務信箱：service@showwe.com.tw
http://www.showwe.com.tw
郵政劃撥　19563868　戶名：秀威資訊科技股份有限公司
展售門市　國家書店【松江門市】
104 台北市中山區松江路209號1樓
電話：+886-2-2518-0207　傳真：+886-2-2518-0778
網路訂購　秀威網路書店：https://store.showwe.tw
國家網路書店：https://www.govbooks.com.tw
法律顧問　毛國樑　律師
總 經 銷　聯合發行股份有限公司
231新北市新店區寶橋路235巷6弄6號4F
電話：+886-2-2917-8022　傳真：+886-2-2915-6275

出版日期　2024年2月16日　BOD一版
2024年2月19日　BOD二版
定　　價　320元

讀者回函卡

Printed in Taiwan

國家圖書館出版品預行編目

掉藥 / 陳彥誌著. -- 一版. -- 臺北市：釀出版,
2024.02
面；　公分. -- (釀文學 ; 285)
BOD版
ISBN 978-986-445-901-8(平裝)

863.55　　112021163